花嫁にはなれない

火崎 勇

white heart

講談社X文庫

目次

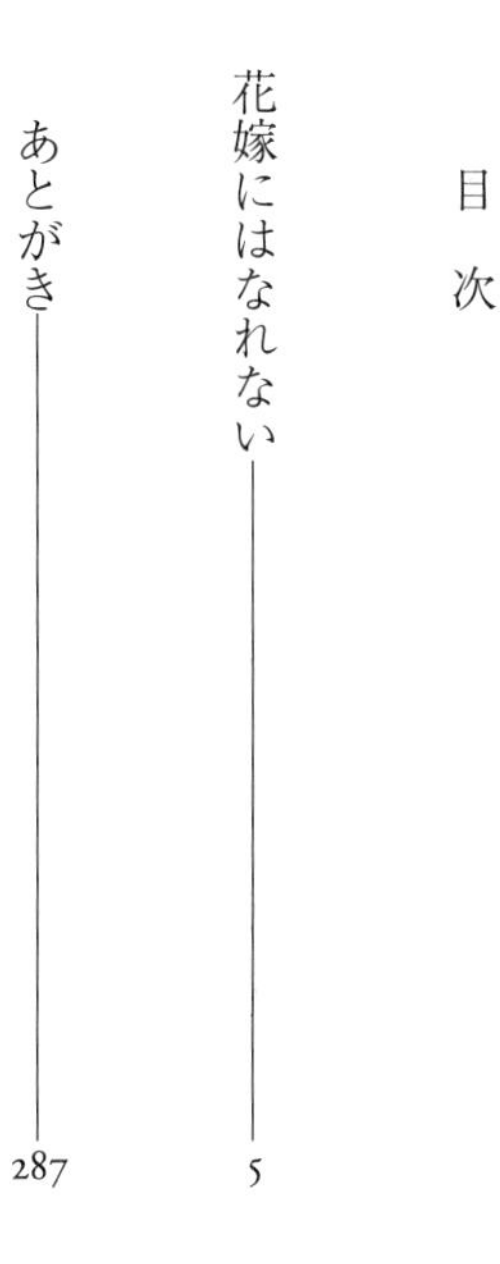

イラストレーション／サマミヤアカザ

花嫁にはなれない

私、ここで死ぬんだわ。

何にもなれず、会うべき人にも会えず。

そのことを残念がっていることに気づくと、おかしさが込み上げてきた。

自分がまだ『望み』や『夢』を持っていたんだわ、と。

もう何も望んだり夢を見たりしないと誓ったのに。

ああ、でも。生きていたいというのは望みじゃなくて本能かしら？　それとも、お父様とお母様の望みを叶えたかったということかしら？

二人は、私に『生きて欲しい』と願っていたから。

私が生きてゆくことは、両親の願いを叶えるという、私の最後のささやかな望みだったのかもしれない。

でもそんなささやかな望みすら、私には叶えられないのだ。

走馬灯のように、自分の過去が思い出される。

セルウェイ男爵家の一人娘エリセとして生まれた時は、沢山のものを持っていた。

優しい両親、少しではあるけれど生活を豊かにはしてくれていた領地、勤勉な使用人、優しい友人達。

神様は、きっと奪うためにそれらを与えていたに違いない。

何故なら、それらは皆、少しずつ私から奪われていったのだから。

最初は平穏な生活だった。

隣国が、領土拡大のために我が国に攻め入ってきたのだ。

国境は我が家からさほど離れてはいなかった。

なので、暫くするとお父様は戦いに出ていった。もちろん一兵卒などではなく、隊を率いる隊長として。

お若い頃、剣の達人として名を馳せた故だった。

僅かな領地といえど、残されたお母様と私の女性二人では管理は難しく、領民は怠惰になり、税収は減っていった。

生活は厳しくなったけれど、お父様が戻ってきたら全てよくなる。戦争が終われば元の生活に戻る。

そう思って堪えていたのに……。

戦争が終わって戻ってきたお父様は、酷い怪我を負っていた。

当然領地を管理することはできず、怪我の治療費も嵩み、お父様は弟である叔父様を呼び寄せ、私達の手助けをするように頼んだ。

でもそれがいけなかった。

やがてお父様が亡くなると、叔父様は男爵家を継ぐのは自分だと言い出したのだ。

お母様は私に婿をとって跡を継がせると言ったのだけれど、聞き入れられなかった。

叔父様の家族が我が家に住まい、勝手を始めると、お母様は手元の品を売って、私を連れて家を出た。

これで私は、父親と爵位と家と領地を失った。

最初、お母様は友人を頼った。

けれど歓迎してくれる人々も数日で、あまりよくない顔をするようになった。

爵位も家もないということは、貴族には『何もない』と同義。ましてお母様も私も職人のように働く技術があったわけでもない。

つまり、『穀潰し』だ。

お母様は彼等の態度を理解し、お父様の知り合いを頼ることに決めた。

その人は遠くにいたので、私達は見知った土地を離れなければならなかった。

今度は、生まれた土地と友人達を失ったのだ。

だって、私の友人は皆その土地の者で、その土地から離れられない人々だったから。

女の二人旅は、楽なものではなかった。お金はまだ残っていたけれど、先のことを考えると無駄遣いをするわけにはいかなかったので。

楽ではない旅で、お母様は身体を壊し、病に倒れ、亡くなった。

ついに私は母親を失い、『家族』全てを失ってしまった。

「ヴォルジュ侯爵を訪ねなさい。きっとエリセによくしてくださるわ」

それが母の最期の言葉だったので、私は母の遺志を継いでヴォルジュ侯爵のお屋敷（やしき）を目指すことにした。

年若い女一人の旅が危険なのはよくわかっていた。だがこの時既に、私は髪を切り、男装し、『女』を捨てていた。

もはや望むものは無事にヴォルジュ侯爵の下へたどり着くことだけ。

もしたどり着けたなら、私は両親の望みを叶えたことになり、そこでメイドの仕事でももらえれば、もう一つの両親の願い、『エリセは生きて』という願いも叶えられることになる。

私が生きていることは無意味ではない。

何がどうなっても、生き続けることが愛する両親のためになるのだと思えた。

なのに……。

神様は私から全てを奪う。

偶然同じ方向に向かう隊商に同行を許され、商売のことなどを教えてもらいながら旅ができると喜んでいたのに、盗賊に襲われた。

私は男の子と思われていたので、剣を持たされ、女を守れと言われた。

もちろん、剣など持ったことはない。

盗賊は、女性は殺さずに連れ去ろうとしたが、男には容赦（ようしゃ）なかった。

戦う価値もないほど『へっぴり腰の小僧』と見られた私は一太刀で弾き飛ばされた。

肩が、焼けるように熱い。きっと切られたのだわ。

私はここで死ぬのだ。

盗賊達は、女をさらい、隊商の荷物を運び出すことを優先させているけれど、それが終わったら全員を殺すだろう。

目撃者や証人を生かしておくはずがないもの。

これで私は最後のお金と、命を奪われるのだ。

騒ぐ声が聞こえる。

誰かがまだ盗賊と戦ってるのかも。

あの声がやんだら、次は私。

でも、怖くはなかった。

私は精一杯生きようとした。手は抜かなかった。

だから悔いはない。

それに、死ねばお父様やお母様に会える。もう辛いことや理不尽なことに、苦しんだり悲しんだりする必要もない。

男として殺されるなら、汚されることもない。

それならば、いっそ早く殺して欲しいくらいだわ。

瞼が重くて目が開けられない。

耳も遠くなったのか、騒ぎの声も聞こえなくなってきた。

それとも、もう抗う人がいなくなってしまったのかしら？

隊商には、警備の剣士が二人ついていた。商人は老人だったがその弟子達は若く、屈強な者もいた。

全員が倒されてしまったのだろうか？

ああ、誰かが近づいてくる気配がある。

ついに殺されるのだわ。

痛みが少ないといいのだけれど。

すぐに絶命できるかしら？

ああ、お父様、お母様、今そちらへ参りますわ。

「まだいる」

男の声。

「息はあるか？」

もう一人。

「どれ」

うっすらと目を開ける。

視界に光るナイフが入る。これで刺されるのかと、身体が固まる。
けれど次の瞬間、ナイフは私の身体を貫くのではなく、私のシャツを切り裂いた。
……え？
「何だこれは？」
更に胸を押し潰すために付けていた胸当ても。
苦しかった胸が、ふっと楽になる。
同時に、薄く開いた目に、零れる自分の胸が見えた。
「女だ」
死ぬなら、綺麗な身体で死にたい。
これ以上、何も奪われたくない。
残っていた気力を振り絞り、私は切られていない方の手をあげた。
「不埒者っ！」
目の前にあるであろう顔を思いきり叩いた。
怒ればいい。
怒ってそのナイフを振り回せばいい。
それで私を殺して。女性としての私に触れる前に。
怒りに任せて、刃を振るうがいいわ。痛みの方が、凌辱されるよりずっとマシだもの。

私は刃の痛みを感じなかった。

汚す手の感触もわからなかった。

暴漢を平手打ちするために力を使い果たし、そのまま意識を失ってしまったから。

これが自分の最後の記憶だなんて情けないわ、と思いながら……。


夢を見ていた。

屋敷の、自分の部屋のベッドにいる夢を。

もうすぐメイドが起こしにくるけれど、その前に起きようかしら？　それとも起こされるまで寝ていようかしら？

今日は何を着ようかしら？

この間お父様が誂えてくれた新しいドレスを着たいけれど、あれはちゃんとした席に出る時でなければ許してくださらないわよね。

濃いピンクのリボンの付いた白いドレスは裾がふんわりとしていて、ダンスを踊ったら素敵に広がるだろう。

まだダンスは上手く踊れないけれど、お父様ならきっと私を上手く回してくれるわ。お母様とあんなに素敵に踊るのだもの。

私もいつか、あんなふうに愛する殿方と踊りたい。

そう思った時、誰かが耳元で囁いた。

「『いつか』なんて日は来やしないよ」

低く恐ろしいその声にハッとして目を開ける。

「痛……ッ」

反射的に身体を起こそうとすると、右肩に痛みが走った。

「お、目が覚めたみたいだぞ」

男の声に、視線を向ける。

ここは……、どこだろう?

まだ私は夢を見ているのかしら。

私が寝かされているのは清潔なベッドだった。

それも宿屋の堅いベッドではない。真っ白な柔らかな布団がかけられた大きなものだ。

男爵家で私が寝ていたベッドより立派で天蓋が付いていたが、帳は上げられていた。

部屋は広く、大きな窓から差し込む陽光の中には二人の男性がいた。シャツだけのラフな格好だけれど、盗賊には見えない。

彼等は小さな丸いテーブルを挟んで向かい合って座っていたが、顔と身体は私の方を向いていた。

　彼等しかいなければ、痛みを堪えてでもベッドから逃げ出していただろう。そうしなかったのは、彼等の向こうに女性が立っていたからだ。

　年配の、メイドの服を着た女性だ。こちらも盗賊の一味には見えない。

　いいえ、そもそもこの部屋が、盗賊ごときが使える部屋ではない。

　大きなベッドも立派だけれど、続く広い部屋に置かれている椅子もテーブルも高級品だと思う。壁にかかる絵も、枕元にあった小さなテーブルも、そこに置かれた花器も。活けられている花も、野花ではなく園丁が丁寧に育てたような大輪の美しい花だった。

　状況がわからず呆然としていると、男性二人は席を立って近づいてきた。

　思わずシーツを握り身構える。

　それと気づいたはずなのに、二人はベッドの端。足元の左右に腰を下ろした。

「……あなた達は盗賊の元締？」

　と訊くと、彼等は顔を見合わせた。

「我々が盗賊に見えるか？」

　ベッドの右手側に座った金髪の男性が問い返す。

「いいえ。だから元締かと。貴族が盗賊を使うという話を聞いたことがあったので」

「失礼だな」

今度は左側、明るい茶の髪の男性が言う。

するど金髪の男性が、まあまあと言うように手で制した。

「我々が貴族には見えているわけだ」

「こんな立派なお屋敷に住んでいる人は、ちゃんとした貴族かよっぽどの悪者だわ」

「正しい見解だ。ならば我々は『ちゃんとした貴族』の方だ」

話は金髪の男性の方が引き受けるようだ。

「ではどうして、ちゃんとした貴族が盗賊の真似ごとを？　隊商の人達を殺す理由は？」

「理由はないな」

「理由なく殺したの？」

「殺してもいない。我々は通りすがりに、盗賊に襲われている隊商を助けた、ちゃんとした貴族だ」

「覚えてないのか？」

茶色の髪の方が口を挟むと、すぐに金髪の方が言葉を正した。

「覚えてはいないだろう。意識を失ったのだから」

「だがお前を平手打ちはしたぞ」

「仕方がない、『無礼』を働いたのだから」

二人とも、笑っていた。

その笑みは下卑たものではない。

「俺達が盗賊だと思うのに怖がらないのだな」

「この状態で怖がっても何にもならないもの。それに、盗賊ではないのでしょう?」

「違う。覚えていないようだから、最初から説明しよう。俺の名はアルベルト、こっちはジョシュア。我々が馬で進んでいると、騒ぎが聞こえた。ただならぬ物音だったので駆けつけてみると、隊商が盗賊に襲われているところだった。そこで助けに入ったのだ。生きている者を探していると、お前がいた。てっきり男と思ってシャツを脱がせたら女性だった。そして平手打ちをくらったわけだ」

信じていいのかしら?

「信じていない顔だな」

ジョシュア、と紹介された茶の髪の男性が言う。

「突然服を裂いた人をすぐには信じられないわ。他の人達もいないし」

「服を裂いたのは怪我の手当てをするためだ。まさか女性とは思わなかったしな。他の連中は仕事のためにもう移動した。お前は隊商の人間ではなかったらしいな」

「私は置いていかれたのですか?」

「彼等はお前が盗賊の一味で、手引きしたのではないか、と疑ってたぞ。だから置いていかれたんだ」

「私が盗賊……？」

「部外者が入って襲われた。部外者が手引きしたからだ、と考えるのは単純だが、当然のことだろう」

「……そうですね」

「怒らないのか？」

諦めたような私の言葉に、ジョシュアは驚いた顔をした。

「アルベルト……様？　のおっしゃることは正しいと思いますので」

「ちなみに、お前を着替えさせて手当てをしたのは、あそこにいるターナだ」

言われて改めて自分を見ると、肩の傷には包帯が巻かれていたし、服はゆったりとしたナイトウェアに着替えさせられていた。

それも絹の、高級なものだ。

「ありがとうございます」

私は遠くに立ったままでいるメイドに目礼した。

彼女は不機嫌そうな顔のまま頷いた。

声を発するつもりはないようだ。それとも、喋るなと言われているのかしら。

「では今度はこちらから質問しよう。何故男のなりで隊商に紛れ込んでいた？」

「女の一人旅は危険なので」

「何故女が一人で旅をしている？」

「言わなければならないことでしょうか？」

二人はまた顔を見合わせた。

「お前は随分と落ち着いてるな。もっと驚いたり媚(こ)びたりしないのか？」

ジョシュアの言葉に私は首を傾(かし)げた。

「驚いてはいます。盗賊に殺されると思ったのに、こんな立派な部屋のベッドの上で目が覚めたんですから」

「とても驚いてるようには見えないがな」

「でもどうして媚びなければならないんです？」

「俺達が盗賊ではなく、ちゃんとした貴族だとわかったんだ、もっとよくしてもらおうと媚びを売るんじゃないのか？」

「よくしてもらう……？　何をです？」

「何をって、怪我が治るまで面倒見て欲しいとか、その後も面倒見て欲しいとか」

「それは慰み者になるという意味ですか？　私はそれを望みません。メイドとして働かせてくださるのならありがたいですが、今は行く先があります」

「目的地があるのか？」

「はい」

答えて、私は思い出した。

「私の胸当て！　……ッ！」

思わず動いてしまい、肩に痛みが走る。

「初めて感情的になったな。感情がないのかと思った」

「私の胸当ては？」

そうだわ、この人はあれを切り裂いたのだわ。中身は無事だったのかしら。

「ターナ、荷物を」

アルベルトが命じると、メイドのターナは一旦（いったん）部屋を出て、すぐに私の荷物を持って戻ってきた。

「隊商の連中がお前のものだと言って渡してきたのはこれで全部だ」

着ていた服と裂けた胸当て、それに細々とした荷物を入れた革の鞄（かばん）。

私は鞄の中を開けてみた。

……やっぱり。お金を入れていた小袋が無くなっている。それに、お母様の形見の銀の手鏡とクリスタルの香水ビンも。

「何かなくなっているのか？」

「いいです。もう追うこともできないし、私のものだという証拠もないですから」

「いいから言ってみろ。確認してやる」

「百合の花のレリーフの付いた銀の手鏡と、クリスタルの香水ビン、それとお金が入った革の巾着がなくなってます」

「どれも金目のものだな」

鞄の中に入れていたものは、ある程度盗まれるのを覚悟していた。

今までも、何度か狙われたこともあったし。

でも私が青ざめたのは、胸当ての中身が無くなっていたことだった。

「ないわ！　中身がない！」

「中身があったのか」

「大切なものよ。ああ……、あれがないと……」

アルベルトが指を鳴らすと、ターナがトレイを差し出した。

「指を鳴らすのははしたのうございますよ」

お小言つきで。

初めて聞く彼女の声は、抑揚のない、警戒心に満ちたものだった。主人であるアルベルト達に警戒する必要はないから、その冷たさは私に向けてのものだろう。

「これか？」

トレイを受け取ったアルベルトがそれを私に差し出す。

「それです」

安堵して手を伸ばそうとすると、彼はそれを遠ざけた。

「侯爵家の紋のある封筒と、サファイアの指輪に金貨。とても小汚い痩せっぽちの女が持つものじゃないな」

「それでも私のものです」

「盗賊の一味ではなかったとしても、盗っ人だったんじゃないのか？」

言われて、私はため息を漏らした。

ああ、まただわ。人は身なりで判断する。

そして今の私は『そういうふうに見られる』者でしかないのだ。

「金貨は、こんなふうにお金を盗まれても困らないように、別に分けて隠していたんです。指輪と手紙は母の形見です」

「まさか自分が侯爵家の令嬢だと言い出すんじゃないだろうな？」

ジョシュアはからかうように言った。

「違います」

「では話せ。どうしてそんななりをして旅をしていたのか。そしてお前の正体も、だ」

アルベルトが改めて私に訊いた。

「あなた達に言う必要はありません」

「命の恩人だぞ。それに、出どころがはっきりしなければ渡せるようなものではない」

「返してください。それは私のものです」

「お前も言っただろう？　証拠がない」

「私の胸当てから出てきたものでしょう」

「誰かから盗んで、そこに隠したのかもしれない」

　またため息が漏れる。

「あなた達の方が盗っ人だわ」

「何だと？」

「私が身につけていたものを、勝手に『そぐわない』からといって取り上げるのだもの。そうでしょう？　命を助けてくれたのはありがたいけれど、だから持ち物を寄越せと強請られているようなものだわ」

「無礼な」

「無礼？　何が？　私の荷物を取り上げることが？　私はもう……」

　疲れてしまった。

　私はこういう者です、と説明することに。

　他人から蔑みの目を向けられることに。

　奪われることにも、だ。

　もう……、いいのかもしれない。

私は精一杯やったもの。目的を遂げられなくても、両親は許してくれるかもしれない。盗賊に襲われた時に命を落としていたと思えばもう終わりだ。

「お二人とも、下がってくださいませ」

抑揚のない女性の声が響く。

二人は立ち上がり、足元に並んで立った。

代わって近づいてきたターナが、顔に柔らかなタオルを当ててくれる。

「泣かなくてもよいのですよ。正直に言えば」

今度は少し優しげになった声に指摘され、私は自分が泣いてしまったことを知った。

「名前を教えてください。呼ぶのに困りますから」

「……エリセ」

「エリセさんですか。侯爵様のお嬢様ならば、私がベッドの横に座るのは非礼でしょうが、そうでないのなら座ってもよろしいですか？」

頷くと、彼女は私の傍らに腰掛け、そっと肩を抱いてくれた。

「私は歳(とし)を経ていますから、人の態度を察することに長(た)けております。盗みを働いた者は、証拠を出せと言われれば慌てたりとってつけたような嘘(うそ)を並べるでしょう。ですがエリセさんはそうなさらなかった。最初から見てましたが、あなたの目は調度品を見回しながらも、そこに欲を浮かべなかった。それは盗っ人の目ではありません」

「私は盗っ人ではありません」

「そうでしょうとも。でしたら、少し私に教えてください。何があったのか、を」

詰問ではなかった。

私を蔑んでもいない。

知りたいから教えて欲しい、という声だった。

「私は……、エリセ・セルウェイという男爵家の娘でした」

「娘『でした』っていうのはどういうことだ？」

ジョシュアが足元から質問し、ターナに睨まれた。今は私が話しているのですよ、と言うように。

彼女はただのメイドではなく、それなりに認められる地位にあるようだ。

「父が亡くなり、叔父が跡を継いだので、屋敷を出たのです。母と一緒に」

「お母様は？」

涙を拭き終えたので、そっとタオルをターナに返す。

「旅の途中で亡くなりました」

泣きたかったわけではなかったので、涙は僅かなものだった。

泣いてもどうにもならないことは知っているでしょう。もう泣いてはだめよ、と自分に言い聞かせる。

「侯爵家の紋のある封筒は、紹介状です。父は、先の戦争でヴォルジュ侯爵様を庇って怪我をしました。酷い怪我でした。なので、侯爵様が何かあったら訪ねてくるように、とそれをくださったそうです。家を出ても行く宛てがなかったので、母は侯爵様を頼ることに決めたのです。でももういいです」

「もういい？」

「侯爵様を助けた父はもういません。訪ねたからといって、侯爵様が私を迎えてくれるかどうかもわかりません。私は、小汚い、痩せっぽちの娘ですから。とても男爵の娘には見えないでしょう」

「そんなことはありませんよ。身体を休めて、髪を伸ばせば全く違うようになります。お怪我が治るまで、こちらでゆっくり……」

「私は媚びは売れません」

きっぱりと言うと、ジョシュアが両手をあげた。

「わかった。そのことは忘れろ。一般的な考えを口にしただけだ」

「だが全てを信じることはできない」

「アルベルト様」

ターナが諫めても、アルベルトは続けた。

「女が涙ながらに訴えたからといって、全てを信じることはできない。その話が本当かどかめる」

「……どうぞお好きに」

「その代わり、その怪我が治るまで、ここに滞在することを許そう。女性に対して非礼なこともしたしな。ああ、そうだ。お前が男爵令嬢だというのなら、立派な令嬢になってみろ。今のままではその言葉を信じることができないからな、我々を信じさせるくらいになってみろ」

「それは無理だろう」

アルベルトの言葉に、ジョシュアが口を挟む。

「無理でもないだろう。男爵令嬢だというんだから」

「男爵っていってもピンからキリまでいるぞ。元々大した家ではなかったかもしれない」

「では試してみよう。彼女が立派なレディになれるかどうか」

「試す？」

「彼女がどこに出しても恥ずかしくない女性になれるかどうか、だ。俺はできると思う。ジョシュアは？」

「俺はできないと思う。教育をすればそれなりにはなるだろうが、どこに出してもってほどにはならないだろう」

「ならば賭けよう」

「いいだろう」

二人で勝手な話をしていたが、アルベルトはここで私に向き直った。

「お前が立派なレディになったら、住むところと仕事を紹介してやろう。侯爵の手紙が本物なら、侯爵のところまで送り届けてもやる。悪くはない話だろう?」

「……どうしてそのようなことを?」

「嫁入り前の娘に非礼を働いた詫びと思えばいい。お前の身元が言ったとおりのものならば、疑ったことも非礼となるしな」

たった今『賭けよう』と言っていたのに。

「ターナ、彼女の世話をしてやれ。我々は予定どおり昼過ぎには出る」

「かしこまりました」

「戻ってくるのは一週間後だ。他にも細かい指示がある」

「はい」

主人に呼ばれ、ターナは立ち上がった。その前に、軽く私の背を叩いて。

「アルベルト、彼女を一人にするつもりか?」

「怪我をしてるんだ。問題はないだろう」

「それもそうか」

三人が出ていってしまうと、部屋は突然静かになった。

清潔で美しい部屋に自分がいることが夢のよう。

「……でも、夢はもう見ないわ」

最悪のことを考えておこう。

何があっても悲しまないように。

きっと、私は彼等の暇潰しに利用されるだけなのだわ。

少しは悪いことをした、という気持ちがあって、贖罪（しょくざい）の気持ちがあるのかもしれないけれど、慈悲の気持ちがあるわけではない。

彼等から好意を受けることはない。

むしろ、身よりのない娘と、酷い扱いをされないように気を付けないと。

彼等は出かけると言っていたから、すぐにどうこうされるわけではないだろうが、いつでも逃げ出せるように身体を休めておこう。

次にこんなよいベッドで寝られるのはいつになるかわからないもの。

「……疲れたわ」

目を閉じると、驚くほど早く眠りはやってきた。

まるで、現実から逃がしてくれるかのように。

眠りは、私にとって憩いだった。

どんなに辛い時も、寝ている時はそれを忘れていられるから。

けれど目覚めるのは少し怖い。

眠りの中にあった平穏を手放し、眠る前に持っていた何かを失ってしまっているのではないかと恐れて。

「本当は、すぐにでもお風呂に入れたかったんですよ」

ただ今回は違っていた。

「正直に申し上げますけれどね。泥だらけの者を客間のベッドに寝かせるなんて、私にとってはあり得ないことです」

ふかふかの清潔なベッドで眠った私は、そのままふかふかの清潔なベッドで目覚めた。

「お怪我の手当ては私よりもジョシュア様やアルベルト様の方がお上手ですからお任せいたしましたが、着替えは私がいたしました。その時に精一杯お身体を拭ったんですが、満足のできるものではありませんでした」

目覚めたのはもう夜で、すぐにターナがやってきた。

アルベルト達は既に出かけているから何も気にしなくていい、この屋敷にいるのは老執事、メイドと召し使いなど数人。

暫くは人払いをしているので、私が顔を合わせるのはターナとメイドだけにする。慣れてきたら、他の者にも会わせましょう、とのことだった。

空腹だろうと、簡単な食事を与えられ、食事の後に連れてこられたのが、このバスルーム。彼女は有無を言わさず、私をバスタブに沈めた。

「いつからお風呂に入ってらっしゃらなかったんです?」

花の香りのお湯に香水のようなセッケン。

自分で洗うと言ったのだけれど、肩を動かしてはいけないからと柔らかなブラシでゴシゴシと洗われる。

アルベルト達に対する態度から見て、彼女はこんなことをするメイドではないだろう。メイド頭か侍女か、他の者に指示を出す立場だと思う。

でも、彼女は嫌な顔をせず私の世話をしてくれた。

「隊商と行動している時には男のふりをしてましたから、人に見られないようにしていてお風呂は……。でも一応身体はちゃんと拭いていました」

「不十分ですね。明日からは毎日入っていただきます。髪も整えませんと。ご自分で切られたのですか?」

「はい」

「どうりで不揃いですわ。明日、きちんと切り揃えましょう。とても綺麗な赤い髪をしてらっしゃいますから、伸ばせばとても素敵になりますわ」

「……お母様は、朝焼けのようだと言ってくれました」

「それは素敵な表現ですわね。確かに、地の金が薄紅に染まっている様を表してますわ」

それは言いすぎでしょう、と笑われるかと思ったけれど、ターナは肯定してくれたので、ほっとした。

「この髪ではドレスが似合いませんから、付け髪を用意しましょう。この色に合うものを見つけるには、少し時間がかかるかもしれませんが」

「ドレス？　私、持ってません」

「もちろん、こちらで用意いたします」

「返せるものがありません。……金貨は持っていますが、あれは生活のための……」

「お金などいりません。お二人が望んでなさることですから」

お二人……。アルベルトとジョシュアのことね。

「明日は一日よくお休みになって、明後日からはお勉強です」

「勉強？」

「はい。あなたに知識と礼儀、貴族の娘として必要な教養を身につけていただきます」

私は彼等の会話を思い出した。

私が立派なレディになれるかどうか、彼等は賭けにしていたのだったわ。

慰み者にされたり、虐げられるよりずっといいけれど、私はそんなことは望まない。

今更レディとしての教養を身につけたからといって、何になるのだろう。

けれど、自分の立場を越えて私の世話をしてくれているターナに『そんなことしないわ』とは言えなかった。

「大丈夫です。あなたの目には知の光があります。すぐに覚えますよ」

「……はぁ」

お風呂から出ると、新しい下着とナイトドレスが用意されていた。

それに着替えて先ほどの部屋に戻され、起こすまでゆっくりしていいと言ってターナは去っていった。

陽光が差し込んでいた大きな窓にはカーテンが引かれていたが、十分に明るさのある燭台（しょくだい）とランプが部屋を照らす。

私は、ここで何をすればいいのだろう。

彼等の玩具（おもちゃ）になればいいのかしら？

肩の怪我はまだ痛んだ。

さほど深い傷ではないから、動かさなければ痕（あと）は残らないとのことだったが、刀傷など初めての身には決して軽い傷ではない。

ここから逃げ出すとしても、この痛みが引いてからでないと無理だろう。

どうせ彼等は暫く戻ってこないのだし、まずは治療に専念するべきかもしれない。

私はベッドの横に置かれた、自分の服を手に取った。

シャツとベスト、それにズボン。

随分と汚れているし、シャツは肩が破れ、前のボタンは殆(ほとん)どが飛んでいた。

これを着るためには繕いをしなくては。

明日、裁縫道具を借りることはできるかしら?

その前に洗った方がいいかしら?

古いシャツでいいから、一枚いただければありがたいのだけれど。

「手紙……、返してもらえなかったわ」

侯爵様からのあの手紙がなければ、私はどこにも行きようがない。

もしヴォルジュ侯爵の家を訪ねても、きっと会ってはくださらないだろう。

けれど手紙を返してもらっても、私はもう侯爵の家を目指す気力が失(う)せていた。

行って、何になるのだろう。

私の窮状を憐(あわ)れんで、少しばかりの金銭をくれるかもしれない。それが一番よい想像だ。

そのお金をもらっても、私には行く宛てがない。

なりたいものがあるわけではない。会いたい人がいるわけでもない。

両親のことを思うと、死ぬことだけは考えないけれど、生きてゆく目標がない。

盗賊に襲われ、死を覚悟した時、最後の『気力』というものも奪われてしまった。

「空っぽだわ」

もう何も持っていない。

残っているのはこの身体と命だけ。

これを手放す日も、やがて来るだろう。

でもこれを奪われることにだけは、抵抗をしないと。

それまでは、流されてもいい。

ここには危険はなさそうだ。ならば、彼等の好きにさせてもいい。どうせそれに応(こた)える気はないもの。

どうせすぐに飽きて、放り出されるだろう。

それまで、ここで与えられるものを享受しよう。

「私も、狡(ずる)くなったわ……」

もう考えることが面倒になって、私はまたベッドに潜り込んだ。

さっき目覚めたばかりだったのに、いくらでも寝られそうだわ。

とても寝心地のよいベッドだから。


翌日は、ゆっくり休むと言われていたけれど、とても忙しかった。

まずは髪を綺麗に切り揃える。

男装の時は肩までの髪を後ろで束ねるようにしていた。自分で切った髪は不揃いでみっともなかったが、それはそれで男の子でいるにはよかった。

でも女の子に戻るためには、不格好すぎるということで、まず顔を隠すために伸ばしていた前髪を切り揃えられた。

「綺麗なお顔立ちですわ。この前髪がなかったら、お二人も最初にエリセさんを女の子と見破っていたでしょう。若草色の瞳（ひとみ）も、とても素敵です」

まず、ターナは後ろを揃え、暫く考えてから、左右を一房ずつ残して余りを結び、かもじを付けた。

「もう少し伸びたら、付け髪にしましょう」

それからドレスだ。

「瞳の色に合わせて、若草色のドレスがようございますね」

と言って、何着か持ってきてくれたけれど、少しサイズが大きかった。

「もう少しお太りになられた方がよろしいですね」

お母様が亡くなられてから、あまり食事をする気になれなかったので、私は彼等の言うとおり『痩せっぽち』になっていた。

あちこち詰めてもらったけれど、ドレスもあまり似合うとは言えない。

肩に包帯をしたままということもあって、鏡に映った姿は、自分でもちょっと悲しくなるくらい不格好だった。

ドレスを着ていた頃は、いつもお母様が髪にリボンも結んでくれて、身体ももっとふっくらしていた。その頃を思い出して、比べてしまう。

「大丈夫です。我が家の栄養たっぷりの食事を召し上がれば、すぐによくなりますよ。新しいドレスを作るのは、体型が落ち着いてからにしましょう」

私の落胆の表情に気づいて、ターナはそう慰めてくれた。

「ドレスを作る？　そんなことをしていただいては……」

「この屋敷に住まう者には、それ相応の身なりが求められます。あなたのためではなく、屋敷のため、と思ってください」

つまり、素敵なドレス、は制服なのね。

靴も、新しいものを与えられた。

　ここのところずっとブーツばかりだったので、踵(かかと)の高い靴は久しぶり。ちゃんと履きこなせると思っていたけれど、ターナ的には不合格だった。

「立ち居振るまいに下品なところはありませんが、最初からお勉強し直した方がよろしいようですね」

「必要があるかしら？」

「言葉遣いも、もう少しお上品に。エリセさんが何になるにしても、覚えていて損なことはないと思いますよ」

「でもここを出たら、私は何者でもなくなってしまうわ」

「お二人が、何もせずに追い出すということはないと思います。きちんとお勉強をなさったら、よい仕事を紹介してくださるでしょう」

「働いてどうするの？」

　思わず出た言葉に、ターナは『おや』という顔をした。

　彼女は私をばかにしたりしない。

　もうそれはわかっていたので、私は正直な気持ちを口にした。

「私、空っぽなんです」

　と笑って。

「おかけください。少し話をいたしましょう」

「話すことなんて……」

「あなたになくとも、私にございます。さ、どうぞ」

最初の日、アルベルト達が座っていた小さなテーブルを挟んだ椅子に、向かい合って座る。

「辛いこともおありでしたでしょうが、よろしければ、エリセさんの身のうえについて教えてくださいい。お父様は男爵でいらしたのですわね？」

「ええ……」

「ご兄弟は？」

「いませんでした。私一人です」

「ああ、そう。だからお父様が軍に呼ばれたのですね。他に男の人がいないから」

「いえ、それもあるかもしれませんが、父は剣士としてとても優秀だったのです」

問われることに答えながら、私は自分のことについて話をした。

少女時代は、普通に男爵家の娘として育ったこと。

裕福というほどではないが、暮らし向きにゆとりのある生活だったこと。

お父様が戦争に出られてから、管理の行き届かなくなった領民が怠惰になり、だんだんとお金に窮するようになったこと。

そして戻られたお父様が怪我をされていて、それがもとで亡くなられたこと。叔父様が跡を継がれて私達母娘(おやこ)は居場所を失ったこと。

「エリセさんに婿をとって跡を継ぐ、ということは考えなかったのですか?」

「父が亡くなってすぐにそういうことは……」

「叔父様が管理をしっかりなされれば、昔のようによい暮らしができたのでは? そうすれば母娘が同居するぐらいはできたのでは?」

「私達もそう思っていました。けれど叔父は管理をするよりも先に、家の中のものを売り始めたのです。お父様のものも、お母様のものも、『男爵家』のものだから男爵になった自分がどうしようと勝手だ、と」

たまに訪ねていらした時は、よい方だと思っていた。

それだけに叔父の変貌(へんぼう)はショックだった。

「このままでは大変なことになる、とお母様は身の回りのものを持って、私を連れて家を出ることにしました。最初はご実家に戻られるつもりだったのですが、ご実家はお母様のお兄様が亡くなられて、それどころじゃなくて。お友達を頼って転々としました。けれどそれもご迷惑になるからと、侯爵様を頼ることに決めたのです」

けれど、そこに約束された生活があるわけではなかった。

旅は贅沢(ぜいたく)を許さず、質素なものとなり、慣れない旅路でお母様は病気になってしまった。

宿の主人は、病人を他の客と一緒にはできないと宿から追い出した。良心の呵責があったのか、代わりにもっと安い、病人を置いてくれる宿を紹介してくれた。

安くて、あまり清潔ではない宿を。

そこで病気がよくなるはずはなかった。

持っていたお金は医師に診せたり薬を買ったりで減っていき、私は髪を切って売った。

短くした髪は男の子のようだと言われ、身の安全のために男の子のふりをし始めた。

宿で細かな仕事を手伝い、何とか生活を続けていたが、お母様はそのまま亡くなった。

残ったお金の大半は、お母様のお墓に使ってしまった。土地の者ではなく、身よりもないお母様に立派なお墓を作るためにはお金が必要だったのだ。

本当は、お父様と一緒にしてあげたかった。

でもお母様の亡骸を連れて帰る術はなかったのだ。

「亡くなる前に、お母様は私に生きて、侯爵様を訪ねるようにと言い残しました、何もかも失った私にとって、それがたった一つの指標でした。ですから完全に男の子のふりをして、同じ方向へ向かう隊商に入れてもらったのです。けれど盗賊に襲われ、今はここにいます」

長い話を終えると、『ああそうだったわ』という気持ちだった。

悲しいとか、辛いというよりも、『うんそうだった』としか思えない。

「とても大変だったでしょうに、あなたは淡々と話すのね」

「そうですね。私も今そう思っていました。何の感慨もないわ、って。多分、盗賊に襲われた時に死を覚悟したからでしょう。それに、アルベルト様達に手紙を奪われた時に、僅かに残っていた希望も失いました」

「あれは確認を取るだけでちゃんとお返ししますよ？」

彼女の言葉に私は首を振った。

「返していただいても、関係ありません。もし私があの手紙を持って侯爵家を訪れたとしても、きっと門番が同じことをするだけでしょう。小汚い痩せっぽちの娘が、どこでこのようなものを手に入れた、と。彼等はそれを教えてくれただけです」

彼女は異論を唱えなかった。

そのとおりだと思ったのだろう。

「だから、もう侯爵家は訪ねません。戻る家も、行く先もなく、持ち物もない。私は空っぽなんです」

「エリセさん……」

「ただ生きてはいきます。両親がそれを望んでいたので。だから怪我が治るまではこちらのお世話になろうと思っています」

「怪我が治ったら？」

「……さあ？　どうしたらいいでしょう？」

　ターナはこめかみに手を当て、少し考えてから言った。

「ではまず、お勉強をなさいませ。次にやることが思い浮かばないのなら、空っぽなあなたをお勉強で満たしていきなさい。そうすれば、何かが芽生えるかもしれません」

「そうでしょうか？」

「あなたがぼろ布のように生きたいというのではなく、人として生きていきたいのなら、教養は財産です」

「わかりました。ターナさんの言うとおりにします」

　自分では決められないから、熱心な彼女の言葉に従った。

「では次に、今あなたの持っている教養について教えてください。歴史や算術の勉強はしましたか？　乗馬やダンスは？」

「私が男爵令嬢であった時には戦争中でしたので、派手なことはあまり。ダンスやピアノなどは全然です」

　これから必要にもならないだろうし。

「乗馬、というわけではありませんが、馬には乗れます。領地の見回りの時に乗りましたし、隊商と一緒に行動している時に少し教えてもらいました。算術などの勉強は、家庭教師について基礎だけは」

「わかりました。それではそのつもりで教師を選びましょう」

「教師？　わざわざ家庭教師を雇うのですか？」

「先にはっきりと言っておきましょう。このお屋敷の持ち主は大変にお金持ちです。あなたに何をしてあげようと、困ることは一つもありません。あなたに新しいドレスを何十着作ろうが、家庭教師を何人雇おうが、あなたが気にすることはないのです」

その言葉は真実だろう。この部屋を見ただけでもわかる。

でも……。

「私には返せるものがありません」

「何を持っていても、あなたが返せる程度のものは、この家には必要ないのです。今はただ、あのお二人が望むように立派なレディになることだけを考えてください。それが恩返しです」

玩具としての務めを果たせ、ということね。

「わかりました」

それでいいと言うなら、そうしよう。

「では、お屋敷の中を案内しましょう。歩けますか？」

「はい。大丈夫です」

人形になろう。

今は、ターナの言うとおりにしよう。

何も考えず、言われたことだけをやろう。

もう、何も望みはないのだから。


お屋敷は、とても広かった。

男爵家であった私の家よりも。

ターナの言葉によると、ここは『さる方』の別邸で、彼女はここの管理を任されていた。

メイド頭どころではない。ある意味女主人だ。

爵位はないそうだが、元男爵令嬢などより身分があるかもしれない。

この屋敷の主は、今は本宅で過ごしていて、時々こちらを訪ねることもあるが、今暫くは姿を見せないだろうとのことだった。

アルベルトかジョシュアが主人なのかと思っていたけれど、違うのかしら？

でも、敢(あ)えて尋ねることはしなかった。

この屋敷が誰のものであるかなんて、私には関係ないもの。

この広い屋敷の中で、私が出入りを許された部屋は、最初に与えられた客用寝室とバスルーム、それに書庫だけだった。

翌日からは家庭教師が来ると、それにもう一つ、出入りを許される部屋が増えた。

勉強のための部屋だ。

そこで私は礼儀作法、ダンス、歩き方に話し方、国の歴史などの学問を教えられた。

礼儀作法などは子供の頃から教え込まれていたので困ることはなかったが、ダンスはやはり苦手だった。

覚えなくてもいい、という気持ちがあったからかもしれない。

学問は、算術が得意だったけれど、それはレディにはあまり必要がないからと、詳しくはやらなかった。

代わって熱心に覚えるよう言われたのは、詩や戯曲を覚えきること。

社交の場では、そのようなことが話題になるので、『知らない』と恥をかかぬよう、全般的に網羅するよう言われた。

でも、これも無駄だわ。

だって、働くために必要なことではないのだもの。

仕事をお世話してくれる、と言われたけれど、身よりのない私にできることはメイドやお針子見習いくらいだろう。

それならば、料理や掃除、裁縫などを習った方がいいのに。

でもこれは私を育てるための教育じゃない。

彼等の興味を満たすための躾だ。

私に拒否権も選択権もない。

三日目にはお医者様が来て、私の傷を見てくれた。

「剣の先で引っ掛けたようなものだが、女性には辛いでしょう。盗賊に襲われたとのことですが、そいつがこまめに剣の手入れをしていたことだけには感謝した方がいい。綺麗に切れているから、痕が残らない」

随分乱暴な口を利く医師で、ターナは診察中何度かたしなめるような咳払いをしていた。

痕が残っても、残らなくても、どうでもいい。

傷がなくたって、もう花嫁になることはないのだろうから。

家庭教師は、とても事務的な人間ばかりだった。

私に価値がないことを知っていて、頼まれたからやっている、という印象だった。

でなければ、私にやる気がないから、あちらも教える気になれないのか。

判で押したように決まったローテーションの生活。

教えられることは、頭の中を滑ってゆく。

やる気というものがなければ、教育は無駄なのね。

たっぷり寝て、たっぷり食べて、肌の色艶(いろつや)がよくなった。

髪はすぐには伸びないけれど艶は出て、肉付きはここへ来た頃より目に見えてふっくらとしてきた。

傷の痛みは薄くなり、与えられたドレスが身体に馴染(なじ)んできた頃、彼等は戻ってきた。


「驚いたな、ちゃんとした女性が迎えに出てきた」

彼等が到着するから迎えに出るようにと言われ、朝から新しいドレスに着替えさせられ、少し化粧もされた。

その姿で玄関で待っていると、馬が到着する気配があり、執事が玄関を開けるとあの二人が入ってきた。

第一声はジョシュア。

本当に驚いているような顔をしていた。

「女は化けるとはよく言ったものだ。見違えた。なあ、アルベルト」

「外見は女性らしくなったな。だが問題は中身だろう」

「それもそうだ。ターナ、お茶の支度を頼む。彼女の中身を確認するため、少し話をしたい」

「かしこまりました。どちらのお部屋に？」

「ツバメの間に」

「ではすぐに」

「さあ来い、エリセ」

ターナは目で、ついていくようにと命じた。

彼女には従う。そう決めていたので、黙って二人についてゆく。

「何を習った？」

歩きながらアルベルトが尋ねた。

「教えられたことを」

答えると、少しムッとした顔をされた。

「何を教えられたかを訊いている」

「ダンスとピアノ、礼儀作法と立ち居振るまい、それにお勉強を少し」

「どれが楽しかった？」

「特には。命じられたのでやっただけです」

私が望む答えを出さなかったからだろう、彼の顔はむすっとしたままだった。

ツバメの間は庭に面したティールームで、白い猫足のテーブルとハイバックの椅子が並べられたゆったりとした部屋だった。

ここは案内されたけれど入ったことのない部屋だわ。

私は二人が座るのを待ってから、空いた席の横に立った。

自分の立場を使用人と同じとするなら、主人が座れと言うまで座ってはいけないと思って。

アルベルトが気づき、「座れ」と許可をくれたので、椅子に腰を下ろす。

テーブルの向こう側に二人が座り、向き合う形でこちら側に私。

ターナではないメイドがお茶を運んできて、無言でセッティングをし、出ていった。

三人だけになって、ようやく彼等が口を開く。

「勉強に興味はないか？」

訊いたのはアルベルトだ。

「必要のないことなので。一応授業は受けました」

「一応、か。だが覚えていて損はないだろう？」

「役には立ちませんもの」

「どうしてそう思う？」

「私がどこでピアノを披露するんです？　戯曲の作家の名前を、誰と話すのですか？　それぐらいならお裁縫を習った方が有益です。……ターナさんに却下されましたが」

「習いたければ、習えばいい」

「貴族の娘には必要ないがな」

アルベルトの言葉に、ジョシュアが付け加えた。

「私はもう貴族の娘ではありません」

二人は揃って『ふむ』という顔をした。

「勉強が嫌い、というわけではないのか？」

「嫌いではありません」

ただ頭に入らないだけで。

「ヘドナの災厄が何なのか知ってるか？」

ジョシュアが訊いた。

「ヘドナ火山の噴火です」

「それによる被害は？」

「沢山の麓の住人が亡くなりました」

「他には？」

「農作物の被害……？」

「それだけか？」

矢継ぎ早に訊かれて、考える。

火山の爆発は大きな災害で、我が国としても大変な被害が出た不幸な出来事として伝承されていた。

噴火が突然だったので、多くの人々が亡くなり、田畑は焼け……、あと何だったかしら？

「遅い。溶岩流出による道路の寸断、河川の流れの変化、噴煙による周辺住民の健康被害などもっとあるだろう。次だ。ホルドの内乱といえば？」

「百年以上前の王位継承の争いです」

「反乱を起こしたホルドはどういう人間だった？」

「大臣の息子です」

「違う。王の従兄弟で大臣職を務めていた男だ」

矢継ぎ早にアルベルトは政治や歴史の質問をしてきた。

概略は子供の頃にも教えられていたので、ぼんやりとした答えは出るのだが、彼の望む明確な答えは出せなかった。

そして次はジョシュアが質問者になった。

「フェメメの歌姫とは誰のことを指す？」

「フェメメ劇場の歌い手です」

「『一番の』だ。そのフェメメ劇場でクローニンが発表した最初のオペラは？」

「……知りません」

「『花白く雲のごときに空に舞い』で始まる詩のタイトルと作者は？」

「タイトルは『春風の別れ』、作者は……わかりません」

今度は芸術の質問だ。

けれどこちらの方は殆どだめだった。

子供の頃に読んでいたものは答えられたが、最新のものや、王都での流行となるとさっぱりわからない。

ここへ来て教えられたことは、頭の片隅に、誰かがそんなようなことを言っていた気がする、という程度しか残っていなかった。

暫くそんな質問が続き、ようやく終わった時には、二人は顔を見合わせてため息をついた。

「全然ダメだな。何を勉強してたんだか」

辛辣なのはジョシュアだ。

「時間が足りなかったのかもしれない。物覚えが悪いのだろう」

執り成すような、けなすような言葉はアルベルト。

「物覚えが悪い時点でだめだろう」

「教師が教えるのが下手だったという可能性もある」

「ターナが選んだのに？」

「訊いてみないとわからない。手配が上手くできなかったのかもしれない」

「考えすぎだろう」

「あらゆる事態を考えるべきだ、と思わないか？」

「……それは確かに。決めつけるのはよくないな。ピアノは弾けるようになったのか？」

「エチュードを一曲、まだ練習中です」

「男爵家では習っていなかったのか？」

「当時は戦争中でしたから、華やかなことは避けていました。ですから、ダンスもあまり上手くなっていません」

どうせ訊かれるだろうから、こちらから先に伝える。

するとまたアルベルトがため息をついた。

「無気力だな」

小さな呟き(つぶや)が聞こえる。

それがアルベルトのものか、ジョシュアのものかは、わからなかった。

「わかった、もう行っていい」

「はい」

私が立ち上がる前に、彼はテーブルに置かれていたベルを鳴らした。

戸口に向かうと、外から扉が開き、メイドと鉢合わせしてしまう。

向こうは仕事で呼ばれたのだからと、場所を譲るとメイドはにこっと微笑みかけてくれた。

「ターナを呼べ」

というアルベルトの声に「かしこまりました」と答え、下がる彼女と共に部屋を出る。

けれど言葉を交わすことはなく、右と左に別れた。

私より年上のようだけれど、彼女は私のことをどう思っているのかしら？

突然やってきたどこの馬の骨ともわからない娘、ではないのかしら？　なのにどうして微笑みかけてくれたのだろう。

いいえ、きっと主人に対応しての反応なんだわ。

『私』という個人に気を留めてくれる人などいない。

皆が私に優しかったのは、『男爵令嬢』だったから。

私という個人を愛してくれたのは、両親だけ。

生きていたいと思わないのに、生きているのは、その両親の愛に応えるため。両親に愛された記憶だけは、誰にも奪われることなく、私に残されているから。

部屋へ戻ると、何もすることなく椅子に座ってぼうっと庭を眺めていた。

今日は彼等の相手をするということでお勉強はお休み。

空いた時間をどう過ごせばいいのかわからない。

『無気力だな』

どちらかが発したその言葉は正しい。

空っぽな自分に教養を溜めれば、何かが見えるかもしれないとターナは言っていたけれど、穴の空いたコップには水は溜まらない。

いくら注がれても、全部出ていってしまう。

今日のことで、彼等はきっと呆れただろう。

もう私を追い出すかもしれない。

そうしたら、どうしよう？　どこへ行こう？

どこかの森の中で一人で暮らしてみようか？

……だめね。食べ物を得る力もお金もなければ、すぐに干上がってしまうでしょう。

でもそれもいいかも。

静かな森の中で、その時が来るのを待つのも。

どれだけ時間が経ったのか、扉がノックされる音が聞こえた。

ふっと意識を戻すと、窓の外はもう日が傾いていた。さっきまでとても明るかったのに。

もう一度ノックの音が聞こえたので、「どうぞ」と応えると、入ってきたのはアルベルトだった。この部屋を訪れるのはターナしかいないから、彼女だと思ったのに。

私は慌てて椅子から立ち上がり、会釈した。

「何をしていた？」

「何も」

「何も、か」

ああ、もう出ていけと言いに来たのね。

柔らかなベッドは、今日まで、だわ。

アルベルトは私が座っていた前に、腰を下ろした。

「ターナから色々聞いた。苦労をしたようだな」

「はあ……」

「俺が何者か、と一度も訊かなかったようだな」

「知ってどうなるわけでもありませんし」

「そうか」

すぐにでも、『もういい。飽きたから出ていけ』と言われると思ったのに、アルベルトはそのまま話を続けた。

「行く宛てがないのなら、ここで俺の愛人になるか？」

「嫌です」

「嫌？　ここにいれば、衣食住の保障はされる。悪い話でもないだろう」

「かもしれませんが、嫌です」

背もたれに沈めていた身体を起こし、彼は面白そうに尋ねた。

「その理由は？　俺が嫌ならジョシュアでもいいぞ」

「どちらも嫌です。ターナさんから話を聞いたのなら知っているでしょう。私は何もかも奪われてきました。私に残されているのはこの身体と命だけです。それは、両親から与えられ、大切にして欲しいと言われたものです。奪われるのは諦めますが、自ら捨て去ることだけは絶対にしません」

「両親が好きか？」

「当たり前です」

それだけは、強く答えた。

「わかった。愛人はナシだ。お前がその気になったら申し出てもいいが、その時には俺の気が変わってるかもしれないぞ」

私から言い出すことなんてないわ。

自分の身体と引き換えに生活を得ようという考えは、私の中にはないもの。

「まだ勉強は続けてもらう」

「え？」

続ける？

「私は合格しなかったのではないのですか？」

「何だ？」

「合格？　何の？」

「あなた達の玩具の……」

「女性を玩具にするつもりはないし、お前を試験したつもりもない」

「では何故私をここに置くんです？」

彼は一瞬間を置いてからポツリと言った。

「詫び、だな」

「詫び？　お詫びということですか？　何に対して、あなたが私にお詫びをする必要があるんです？」

「言っただろう。女性に非礼を行った詫びだ、と」

確かに、突然シャツを裂かれたことはショックだった。

でも……。

「私に……、そんなに価値がありますか？」

「これは異なことを。価値があるから俺を叩いたのだろう？　お前が守ろうとするものは、お前の両親が大切にしていたものなのだろう。それに価値がなければ、お前の両親にも価値がないということだ」

「そんなことはありません！」

思わず声が大きくなってしまう。

私のことはいい。もう全てを諦めているのだから。でも、両親のことを悪くは言われたくない。

「では、せいぜい価値を吊り上げておけ。俺はお前の両親を知らないから、お前でその価値を計ることにする。つまらない娘であれば、つまらない両親だった、とな」

それだけ言うと、彼は立ち上がった。

「俺は、賭けをしている」

「私が教育できるかどうか、ですか？」

「まあ、そうだ。だから、俺を失望させるな。それが俺がお前に与えているものに対する返礼と思っておく」

部屋に来た時よりも少し嬉しそうな顔で、彼は出ていった。

わからないわ。

彼は何を考えているのかしら。

でも、彼との会話の中で、一つだけ気になった言葉があった。

「私の価値が両親の価値……」

私が立派になれば、両親が立派な人だったと思ってもらえる。

私が無気力だったら、両親も無気力な人間だと思われるということ？

お父様は、とても立派な方だった。武芸に長けて、公平な方だった。お母様だって、素敵な貴婦人だった。

その両親の価値を、私が決める……。

考えてもみなかったことを言われて、何もない空っぽな心の中が、微かに揺れた。

「私が……」

まるで、水面に石を投げ込まれたように。


その日はいつものように部屋で一人の夕食だった。

再び彼等に呼ばれることはなく、夕食を共にすることもなかった。

ターナはやってきたけれど、取り立てて変わった様子もなく、下がっていった。

その翌日も同じだ。

気配で、二人が出ていくのは察したが、私にそれが告げられることはなく、いつもどおり家庭教師との時間を過ごした。

昨日のアルベルトの言葉が心に引っ掛かって、少しだけ熱心に教師の言葉に耳を傾けた。

私には関係のない出来事。

こんなことを聞いて何になるのか。

だから真剣には聞いていなかった。

今日は、思い切ってその考えを教師にぶつけてみた。

「貴族のお嬢さん達はこのようなことを学んで、何になるのでしょうか？」

私の質問に、眼鏡（めがね）をかけた男性の教師は、本から目をあげて私を見た。

「無駄だと思いますか？」

「……はい。過去のことがこれから何の役に立つのか、私にはわかりません」

「だから身が入っていなかったのですね」

気づかれていたのね。

「たとえば、水害の話をしましょう。あなたは今、水害の恐れのない場所にいますが、先のことはわかりません。その時に知識がある方が、あなたのためでも、あなたの周囲の方々のためでもあります」

「でも水害なんてそうそうあることでは……」

「水害、と限ることではありません。何かの災害が起こった時、何が起こるか。知識があれば想像ができます。水害の時は、水が流れてくる低い土地にいてはいけないと考えますね？」

「はい」

「では火事の時はどうです？　水は高いところから低いところへ流れます。火は？」

「……風上から風下？」

「ではどちらに逃げます？」

「風上です」

教師は頷いた。

「つまり、災害の時にはそれが襲ってこない場所へ逃げるものだ、という認識ができます。更に、その災害で起こる他の被害を知れば、他の人々を気遣うことができます」

「火山の爆発で川の流れが変わったり、道が寸断されたり、ということですか？」

教師は嬉しそうに頷いた。

「よく覚えていましたね。そうです。火山の噴火に巻き込まれていなくても、川の流れが変われば川下の農民は水を得ることができなくなり困ります。道が寸断されれば、その道を使っていた流通が止まり、商品が届かなくなるでしょう。過去に起こった出来事を知れば、これから起こることを予測できるようになり、それで苦しむ人々を知ることができます。そしてその方々に心を傾けることが、よい貴婦人の務めなのです」

「他人を思いやることが、ですか？」

「よい貴婦人ならば。エリセ様は、どうか飽食に溺れることのない、よい貴婦人になっていただきたいと思います」

「私は貴婦人ではありませんわ。爵位もありませんし……」

「そうなのですか？　ですが、爵位がなくとも、心は貴婦人になることはできるでしょう。気高い心を持てばよいのです。王室のパーティに出られなくても、人々に尊敬される人間にはなれますよ」

私がもう貴族ではないと知ったら幻滅するかと思ったのに、そんな態度は見られなかった。

教えてくれることが無駄なのでは、という失礼な言葉にも、怒ることもなかった。

むしろ、どんな形であれ、私が興味を持ったことを喜んでいるようだった。

淡々と事務的に、ただ本を読んで聞かせるだけだったのだが、今日は幾つかの質問をして、私に答えを求めたり、本筋から離れたことも話題にした。

私が、目的がわからないから興味がないのだとわかって、一つ一つどうして知っておいた方がいいかも教えてくれた。

何故学ばなければならないのかがわかると、教師の話がよく頭に入った。

……勉強に少し興味が持てた。

翌日はピアノのレッスンだったが、こちらはやはり身が入らなかった。

これからの私の生活で、ピアノを弾く機会などないもの。

ダンスも一緒。

貴族の娘としての教養は、やはり必要とは思えない。

……と思っていたのだけれど。


「今日は午後からお出かけでございますよ」

朝食後、部屋を訪れたターナが言った。

「アルベルト様達？　今日もお出かけになるのですか？」

顔を合わせないで済むのはありがたいけれど、何故わざわざそれを私に言うのかしら？

と思ったら、そうではなかった。

「エリセさんのお出かけです。もちろん、お二人もご一緒ですが」

「私が？　どちらへ？」

「ネイドン伯爵家だそうですよ」

「ネイドン伯爵家？　聞いたこともないわ」

「さようですか。でもお出かけは決定です」

断る権利はない、という言葉。

この家では、アルベルト達が決めたことは絶対なのだ。私ごときに拒否する権利はない。

「そういうわけですから、今日は美しく作りましょう。新しいドレスはまだですが、付け髪はできあがってきましたし」

いつもと違って、他のメイドまで呼んで身支度を整えさせた。

髪飾りを付け、そこから背に付け髪を垂らす。長い髪をするのは久しぶりだった。

お直しでサイズを整えた若草色のドレスに、首飾りまで。

色々なアイテムを付けると、私もまんざらではない気がする。

以前が見窄（みすぼ）らしすぎたからそう思うだけだと自制したが、そうでもなかったようだ。

全て整えてからターナに連れられてアルベルト達の下へ向かうと、私を痩せっぽちと呼んでいた彼等も、褒め言葉をくれたから。

「ちゃんとすれば美人じゃないか。赤い髪も華やかで目を惹（ひ）きそうだ。ドレスが地味なのがもったいない」

と言ったのは口が悪かったジョシュア。

「新しいのが間に合わなかったそうだ。だが確かに、もっとちゃんとした格好をさせれば、もっと美しくなるだろう」

と言ってくれたのはアルベルト。

悪く言った人がよい言葉をくれると、それは本当だと思える。

少し自信がつくわ。

それに、改めて見た二人もとても立派だった。

濃紺の礼服に身を包む二人は、まるで貴公子のよう。

今までは彼等に興味がなかったからそれほど気にもしていなかったが、興味がなくても『美しい殿方』と思ってしまうほどだ。

二人の瞳が、色合いの違いはあれど同じ青なのだというのも、この時初めて気づいた。

だから礼服が紺なのだろう。

少しウエーブのかかった金の髪に深い青の瞳、すらりと背が高く、整った顔立ちはどこか鋭さを秘めたアルベルト。

アルベルトと背格好は似ているが、薄い青の瞳で、こちらはクセのない明るい茶の髪をした、顔立ちの濃いジョシュア。

二人とも、体格もよいけれど、とても姿勢がいいのだわ。

肩を開いて、背筋を伸ばして。それでいて無理にポーズを作っているわけでもない。とても自然で、この姿勢に慣れているのだわ。

そういえば、立ち居振るまいのレッスンの時にそんなようなことを言われた気がするわ。

美しい女性は立っているだけでも美しいもの。

背中を丸めていると、年寄りのようだし、陰気な印象を与える。かと言って背を反らせていると踏ん反り返って偉そうに見えるし、お腹を突き出すようになる。

背筋を伸ばし、お腹に力を入れ、肩は開き顎は引く。頭の上から糸で吊られているようにするのだと。

思い出して、そのとおりにしながら彼等に歩みよる。

格好をつけたかったわけじゃないわ。二人が立派だったから、せっかく褒めてくれたから、できることをしないでまた貶されたくないだけよ。

歩く時はドレスの裾に足が絡まないように前を少しだけ持ち上げて、歩く時はつま先から。

「うん、歩き方もまあまあだな」

自分が意識してやったことが相手に認められるのが、嬉しかった。

「では行こう、付いてこい」

「あのどこへ……。ネイドン伯爵家へ伺うと聞いたのですが」

「そのとおりだ」

「でも私はその方を知りません」

「だろうな。詳しい話は馬車の中でしてやる」

彼等は先に立って玄関へと向かった。

ついてゆくしかないので、慌てて後を追う。

こういう時、男性は女性をエスコートするものではないのかしら？　お父様はお母様の手を取って出かけていたわ。

私はエスコートする価値がないと思われているの？

玄関では、ターナと執事がお見送りに立っていた。

執事は私のためにドアを開けてくれ、馬車に乗る時には御者が手を貸してくれた。

だが二人は私のことなど無視したまま、先に乗り込んでいる。

二人が向かい合って座っているので、どちらの隣に腰を下ろせばいいのか迷っていると、意外にもジョシュアの方が手を差し伸べてくれた。

「どうぞ、お嬢さん」

私が座ると、アルベルトが御者に合図を送り、馬車は走りだした。

「さて、さっきの質問に答えてやろう」

アルベルトが説明を始める。

「お前は今から、ネイドン伯爵家のパーティに出る」

「パーティ？」

「そうだ。そこではお前はセルウェイ男爵の娘ということになっている」

「ま、たとえ叔父が跡を継いでいても、お前が男爵令嬢であることに変わりはないから、嘘ではないな」

「そこでお前が立派なレディになったかどうかを見るつもりだ。まだそう時間も経っていないので、これは最終結果ではない。途中経過を見る程度だ」

　突然貴族のパーティに放り込むですって？

　そんなことをするなんて聞いていなかったわ。

　驚く私を他所に、アルベルトは説明を続けた。

「今日は正式なパーティではない。慈善事業のための集まりのようなものだ。だが伯爵家主催のパーティではあるから、単なる集まりともいえない」

「慈善のパーティの主体は女性だ。つまり、お前をジャッジするのは女性陣ということになるな。同性のチェックは厳しいぞ。俺とアルベルトはお前をエスコートしないし」

　ジョシュアの言葉に、私は疑問を挟んだ。

「……殿方がエスコートしないで、パーティ会場に入れるのですか？」

「今言っただろう。これは正式なパーティではないと。だが入る時には一緒に入ってやる。その後はお前は一人で女性のサロンへ行く。後は……、まあなりゆきだな。俺としては、お前がレディになれない方に賭けているから失敗してもかまわないが」

ジョシュアは言いながら肩を竦めた。

「サロンで何を話せばいいのでしょう……」

答えてくれないとわかっていながら、心細くて尋ねずにはいられなかった。

「無難なのは天気と料理だな。だが中には新参者にイジワルな女性もいる。話題に詰まるなど困った時にどう振る舞うかも、レディの嗜みの一つだ」

一応答えてはくれたけれど、あまり参考にはならないわ。

「あなた方は会場にいらっしゃるの？」

「お、少し敬語が使えるようになったな。我々も会場にはいるが、伯爵に用事があるので、ずっと見えるところにいてやることはできない。お前は一人で頑張るしかない」

一人で貴族の集まりの中に入る。

泳げない人を川に突き落とすようなものだわ。

口で泳ぎ方とは手足を動かすことだ、という程度の知識しか教えられていないのに。

いいえ、私がもっとちゃんと授業を受けていたら、もう少しは何とかなったかもしれない。不安なのは、自分が何も学んでこなかったからだわ。

「さあ、後は窓の外でも眺めていろ。景色が綺麗だ」

と言われても、そんな余裕などなかった。

天気はいい。

暫く雨は降らないだろう。雨が降ったら水害が心配ですね、と続けるべきかしら？　あまりに話題が飛びすぎかしら？

料理の話って、好き嫌いとか美味しい不味いとか言えばいいの？　でも招かれた家で不味いは言ってはいけないわね。

それから？

それから何を言えばいいの？

頭の中がぐるぐるしている間にも馬車は目的地に近づいていった。

二人がどんな目で私を見ているかも気にならないほど、私はパニックに陥っていた。


「ゾーイ侯爵の名代だそうですな」

伯爵家で私達三人を出迎えたのは、初老の紳士だった。

おそらくこの方がネイドン伯爵だろう。

伯爵はアルベルト達に丁寧な挨拶をした。

「はい。ゾーイ侯爵は、今国内の復興について細かな調査と対策を担っておられます。表に出てこない戦争の爪痕というものをきちんと癒やすべきだ、と。ですから今回のネイドン伯爵の慈善パーティには興味があられるようです」

　ジョシュアは、当然だけれど私に対するのとは全く違う態度だった。

　言葉遣いも丁寧で、とても礼儀正しい。

　アルベルトもだが、彼はジョシュアの後ろに控えるように立っていた。

「我が家のパーティなど、大したものでもありませんよ」

「今回の目的は何なのですか？」

「領民を少し戦地に供出しましてな。その間男手も減り、困った家もあったようです。戻っても、怪我を負った者や、亡くなった者もいました。そういう者達への施しを考えています」

「失礼ですが、ご自分の領地の者だけ、ですか？」

「手厳しい質問ですな。半分は、そのとおりです。ですが残りの半分は病院の補修に寄付をしようかと。領地の境にある小さな病院に、今度陛下が補助をなさると伺いまして。是非私もご協力さしあげたいと」

　失礼な質問だったのに、伯爵は気分を害する様子もなかった。

　彼等が侯爵の名代と聞いたからかしら。

というか、彼等は名前の出たゾーイ侯爵の部下か何かなのね。知らなかったわ。……いえ、知ろうともしなかったわ。

「そちらのお嬢様は？」

「ああ、知人の令嬢です。セルウェイ男爵令嬢のエリセさんです」

「男爵令嬢」

領民への補償や病院の寄付などを口にしたから、立派な方だと思ったけれど、自分より低い爵位の娘と聞いた時の目の色は、あまり『ご立派』とは言えなかった。

「偶然知り合いましてね、女性の多い集まりだと思ってお誘いしたんですよ」

「お二人がエスコートを？」

「いいえ。伯爵がお時間を割いてくださるのでしたら、我々は伯爵に色々お話を伺いたいのですが」

「もちろんです。では部屋を用意しましょう」

「エリセ」

アルベルトが私の名を呼んだ。

「帰りには呼びに行こう。それまで楽しんでくるといい」

楽しめるはずなんてないことはわかっているのに。

意地が悪い。

「メイドに案内をさせましょう。君、こちらのセルウェイ男爵令嬢をサロンへ案内してあげてくれ」

伯爵が近くにいたメイドを呼び、私を託すと、三人は言葉を交わしながら私から離れていってしまった。

せめてサロンまでは二人が一緒だと思った。

私を、女性達に紹介してくれるかと。

けれどそんなこともなく、「どうぞお嬢様」と誘うメイドに連れられ、私も中へ入るしかなかった。

メイドが案内してくれたのは、大広間だった。

普通のパーティがどんなものかも知らないから、これが特別なのかどうかもわからない。

広いフロアにはダンスを踊っている人もいたし、座って会話をしている人もいる。

庭に面した窓は全て大きく開け放たれ、道化師や店屋のようなものが見える。

あれは何、何をしているの？　私は何をしたらいいのかしら？　……とメイドに尋ねてしまいたかった。

もちろんそんなことはできないのだけれど。

「奥様、セルウェイ男爵のお嬢様でございます」

　メイドは女性達が集まって座っている場所で、一番大きな椅子に座っている女性に声をかけた。

『奥様』と呼ばれたたし、年齢から見て、きっとネイドン伯爵夫人だろう。

私は習って（かが）いた『正式な席での挨拶の仕方』を思い出しながら、スカートを摘まんで深く身を屈め、自己紹介をした。

「初めてお目にかかります。エリセと申します」

「初めまして、当家の奥のロザリーよ。よくいらしてくださったわね。……ご紹介状はお父様に宛てたのかしら？」

　にこやかだけれど、探るような視線。

女主人として、招待客は頭に入っているのに、私の名前に覚えがない、という顔だ。

「いいえ。私の父も、ご存じないかと思います。私は、ゾーイ侯爵様のご名代の方に誘われまして」

　確か彼等はその名前を口にしたわ。

嘘はつきたくない。だから知っていることは正直に答えよう。

「まあ、ゾーイ侯爵の？」

「私は侯爵様を存じ上げませんが、ご名代の方々にはよくしていただいております」

「まあそう。ではどうぞごゆっくりなさって。今日は形式張った会ではないから、楽しんでいって頂戴」

「ありがとうございます。お言葉に甘えさせていただきます」

「それで、そのご名代の方々は？」

「今、伯爵様とお話しになっております」

「あら、では私もご挨拶に行かなくては」

夫人はそう言うと椅子から立ち上がり、周囲の方々に会釈をしてサロンから出ていった。

途端に、周囲の視線が私に注がれる。

「エリセさん、こちらにいらっしゃらない？」

呼ばれたのは、座面に明るい色を張った大きな白い椅子が並べられた一角だった。

そこは若い女性達が集まっている一角で、今立っている年配のご婦人方のテーブルより居心地がよさそうに思えた。

それに、呼ばれたのだから無視することはできないので、そちらに向かった。

「さ、どうぞ。お座りになって」

一際華やかな黒髪の女性が、空いていた椅子を示す。

「失礼いたします」

と一言断ってから、私はそちらへ腰を下ろした。

「私がこの家の娘で、メリザンドよ。よろしく」

「よろしくお願いいたします」

「お会いしたことのない方とお会いするのは嬉しいわ。いつも同じ顔触れだから退屈だったの。ねえ、皆さん？」

　彼女は友人らしい周囲の女性達に声をかけた。

「そうね。私はフロリナよ、よろしく」

「私はリズリサ。エリセさんはどちらからいらしたの？　ひょっとして王都？」

　期待に満ちた視線。

「いいえ、私はここよりもっと北の方です。王都には行ったこともありませんわ」

「まあ、そう。残念だわ」

「フロリナは来年王都に行くのよね。羨ましいわ。スベンの店にも行くのでしょう？」

「当然よ。今からお父様にお願いしてるの」

「スベン……？」

　聞き覚えのない名前にポツリと呟くと、楽しそうな会話がパタリとやんでしまった。

「スベン・カーライルはご存じない？」

　知っていて当然という訊き方。

「……ごめんなさい、知らないわ」

「有名なデザイナーよ。王妃様のお気に入りなの。スペンのドレスは私達の憧れね」

フロリナはそう説明してから、私のドレスをチラリと見た。

「エリセさんは、あまりドレスなどに興味がないようですわね。それはお母様のドレス？」

「ほら、古いタイプのドレスがお好きなのかもしれなくてよ」

私の着ているドレスは、借り物だった。

あの屋敷にあったものを直して着ている。

あの屋敷には若い女性はいなかった。ということは彼女達の言うように年配の方の若い頃のドレスなのだろう。もしかしたらターナのかも。

「このドレスは、借り物なのです。ですからおっしゃるとおり、古いものを直したのだと思いますわ」

三人は驚いたように顔を見合わせた。

見栄を張っても仕方がないわ。

本当の私は何も持っていないのだもの。ドレスの一枚も。

「伯爵家にお呼ばれしたのに借り物のドレスを着て出席するなんて。伯爵家に対しても失礼だとは思わなくて？」

「お止しなさいな、彼女の家は裕福ではないのかもしれないわ」

「あら、それなら慈善パーティに来るなんて場違いだわ。施しを受ける立場の方じゃない」

最初の歓迎ムードはどこへやら。

彼女達の視線は冷たく、蔑むものに変わっていた。

「礼儀を尽くしたくても尽くせない人もいるわ。話題を変えましょう。エリセさんはエドワード・レッセの詩集はお読みになって？」

エドワード・レッセ……。

確か授業で聞いたことがあるわ。

「『水面映る鳥』の作者でしたっけ？」

「『水面に映る鳩』よ」

執り成すように話題を変えてくれたメリザンドが苦笑する。

「あなたのご両親はあなたに教育も与えなかったのね」

クスクスとした笑い声。

「私達、話が合わないようですわね。よろしかったらお庭を散策なさっては？」

この場から去れ、と言われたようだった。

「メリザンド様、そろそろお話も尽きたんじゃありませんか？」

その時、若い殿方達がサロンに姿を現した。

「まあロドニー伯爵」

「よろしかったら踊っていただけませんか？　軽快な曲になりましたよ」

「そうですわね。皆さん、フロアの方に行きましょう」

「おや、こちらのお嬢さんは初めてですね」

男性達の一人が、私に気づいた。

すると、フロリナが愉快そうに私を紹介した。

「セルウェイ男爵令嬢のエリセさんよ。ねえ、エリセさん、ダンスは踊れますでしょう？　一緒に踊りましょうよ」

彼女は私の手を取り、立たせた。

「どなたか彼女を誘ってさしあげて」

フロリナの言葉に、一人の黒髪の男性が歩み出て彼女から私の手を取った。

「では私が」

「あの……、私……」

「こんな美しいお嬢さんと踊れるなんて光栄だ。さあ、遠慮（えんりょ）せず。紳士的に振る舞いますよ」

フロリナは笑っていた。

メリザンドも、苦笑いを浮かべたものの何も言わなかった。

彼女達は、私が踊れないと思っていながら送り出すのだ。

「私、ダンスは上手くないんです」

「大丈夫、リードします」

私の言葉を遠慮としか受け取らなかったのだろう。黒髪の男性は、半ば強引に私を伴って皆がダンスを踊っているフロアに出た。

軽妙な音楽。

みんな自信たっぷり、音楽を楽しみながらステップを踏んでいる。

ワルツだわ。

ステップは覚えていたから何とかなるかと思ったけれど、覚えているだけではダメだった。

楽しめないから。

私は覚えた『動き』をなぞっているだけ。でもみんなは身体に染み付いたステップを元に、『踊って』いる。

何とかそれに合わせようと焦って、相手の足を踏んでしまった。

「おうっ！」

しかもつま先を。

「ごめんなさい」

慌てて謝罪したけれど、彼はもう私の手は取らなかった。

「……緊張してるようだね。ダンスはやめた方がいいかもしれない」

まだ曲は終わっていないのに、人々の輪を離れ、壁際まで連れていった。

「残念だけど、こういう席に来るならもう少し練習してからにしたまえ」

去りぎわの冷たい声。

彼はもう一度女性達の集まるサロンの方へ向かった。

きっと別のパートナーを探しに行ったのだろう。

私はもうあの場所には戻りたくなくて、壁際に立ったまま踊る人々を見ていた。

今の男性の足を踏んだのはみんなが見ていた。彼があげた大きな声も聞いただろう。

だから、もう誰も私を誘いには来なかった。

遠巻きに、ちらちらと向けられる視線。

恥ずかしくて、すぐにでもこの場から立ち去りたかった。でもアルベルト達が戻ってこなければ、この屋敷から出ることもかなわない。

音楽が変わり、また別の人々が楽しげに踊りに加わる。

どうして……、こんなところにいなければならないのだろう。

こんな場所へ連れてくるのだと先に言っておいてくれれば、ダンスだってもう少し練習したのに。

「あら、こんなところで何をなさってるの？」

暫くその場に立ち尽くしていると、フロリナが近づいてきた。

私を嫌っているだろうに、何故わざわざ近づいてくるのかしら。

戸惑っていると、彼女はすぐ横にまで来て言った。

「ご自分がこの場に相応しくないとわかってらっしゃる？」

返す言葉がない。

だって、そのとおりだもの。

「侯爵様のご名代の方と一緒にいらしたそうだけれど、どのような手段を使われたの？」

「何もしてませんわ」

「そう。ではその方の気まぐれね。酔狂なことだわ」

……私もそう思うわ。

何を言われても、彼女の言っていることは正しいので、怒りを覚えるようなことはなかった。ただ恥じ入るばかりだった。

けれど次の彼女の言葉は、到底受け入れられるものではなかった。

「ちゃんとした教育も受けずにここへ来るあなたも恥知らずだけれど、教育を受けさせなかったあなたのご両親も恥知らずだわ。さぞ野卑な方達なのでしょうね」

「失礼なことを言わないでください。私の両親は立派な……！」

「教養もなく流行も知らずダンスも踊れない。ドレスも借り物。よほど貧しい家で、教養のない方達だって」

「違います」

「違わないでしょう？　娘を見れば親がわかるのよ」

言い返そうとしたが、彼女は言いたいだけ言うとすっと離れていってしまった。

悔しい。

悔しさで身体が燃えるように熱くなる。

裕福ではなかったかもしれないが、両親が生きていれば、きっと私だっていろんな教育を受けていただろう。ドレスだって作ってもらえたはずだ。

でも二人は亡くなってしまったから、それを望むことができなくなっただけ。

私がちゃんとしていないから、両親が悪く言われる。

両親に会えば、悪いのは私だけで両親は立派な人だとわかってくれるだろう。けれどもう二人を誰かに引き合わせることはできない。

両親の名誉を回復する術はないのだ。

悔しくて、悔しくて、涙が出そうだった。

ここで泣けば、みっともないと、更に人々に冷たい目を向けられるとわかっていたから、それを堪えるのに必死だった。

何もできない上に醜態を晒す。

それこそ、『親はどんな教育を』と言われるだろう。

レディとしての教育なんて、これから先自分が生きていくのに不必要だと思っていた。

自分がどんなものに成り果てようと、もうどうでもいいことだと。

けれど、私の姿を通して両親がどんな人であったかを推測されるというなら、私は『ちゃんとして』いなければならなかったのだ。

どこにいても、『きちんとしたお嬢さん』でいれば、きっとよいご両親に育てられたのだろう、と言ってもらえたのだ。

それに気づかず、アルベルト達が与えてくれた勉学の機会を捨てていたことを後悔した。

家庭教師も、私が興味を持って話を聞いたら、わかりやすいように教えてくれた。

必要なことがわからないと言えば、その理由も教えてくれた。

学ぶ、ということは受け取る側の気持ちで有益にも無益にもなるのだ。

時間を巻き戻すことができたなら、もう一度やり直したい。

このような席に連れ出されるとわかっていたら、自分が両親の鏡と思われるとわかっていたら、もっと身を入れて学んでいたのに。

人形のように、薄ら笑いを浮かべながら壁際に立ち続けていると、やっとアルベルトが姿を見せた。

「なんでこんなところに突っ立っている。踊らないのか？」

「……踊れません」

「ダンスは習わせていただろう。誘ってくれる者がいないのか？」

「もう、誰も私を誘わないでしょう。もし誘われても、私は踊れません」

震える声に気づいたのか、彼はそれ以上は尋ねなかった。

「こちらの用件は終わった。もう帰るか？」

その言葉に、私は飛びついた。

「はい」

「ではついてこい」

短い滞在時間だったと思う。

けれどそれは恐ろしく長く感じられた。

アルベルトが他の方と話をしているジョシュアに合図を送り、三人で玄関へ向かう。

まだ退出するには早い時間なので、伯爵夫妻は見送りに立たなかった。

馬車が用意され、中に乗り込む。

扉を閉め、馬車が動きだすと、自然と涙が零れた。

「何故泣く」

アルベルトに問われて、私は正直に答えた。

「……悔しくて」

意外にも、ジョシュアがハンカチを差し出してくれた。

「何故悔しい？」

静かな声は、まるで教師のようだった。

「私が不甲斐(ふがい)ないせいで、両親が悪く言われてしまったからです。もっとしっかり学んでおけばよかった。こういう席へ連れていくならいくと言ってくだされば……」

「もっと真面目(まじめ)にやったのに？　いいところを見せようと慌てて学ぶのは付け焼き刃だ。それでは見る目を持つ者には評価はされないだろう」

「だが悔しいと思うようになったのは、進歩だな」

アルベルトは小さくため息をつき、言葉を切った。

続きはジョシュアが話す。

「俺達が何故ネイドン伯爵家に行ったか聞いていたな？」

「ゾーイ侯爵様の名代と……」

「目的は？　覚えてるか？」

「侯爵様は国内の復興について調査と対策を担ってらっしゃるので、名代としてお二人が実地でお調べになっている……？」

「ちゃんと聞いていたな。少しは自分以外のものに興味が持てるようになったか」

二人は顔を見合わせて頷き、アルベルトが言葉を続けた。

「お前が聞いたように、俺達は戦後復興の調査をしている。戦争が終われば全てよし、じゃないことはお前ももうわかっているだろう？　一つの災害によって引き起こされる悲劇は連鎖する」

私は彼と話した水害や火山の噴火の話を思い出して頷いた。

「戦争は国家が起こすものだ。今回の戦争は我が国に非があるものではないが、結果として国民には苦難を強いることとなった。だからこそ、救済は国の、戦いに参加した我々の仕事だと思っている」

参加……。この人達も戦争に出たのかしら？

「お前の父親もまた戦争の被害者であることは間違いない。そして父親が亡くなったことによって引き起こされた、お前の身に起こった悲劇もまた戦争が理由だ。以前、エリセに何故自分によくしてくれるのかと尋ねられたことがあったな」

ここまで聞いて、彼の言わんとすることがわかった。

「あなたは……、非礼をしたことへのお詫びだと言ったわ。でも違うのね？　戦争の被害者への救済だったのだわ」

思ったとおり、彼は頷いた。

「全てを救うことは難しい。だが、見てしまったものを放っておくことはできない。お前をちゃんとしたレディにして、生活の不安のないようにすることが、戦いで怪我を負い、命を失ったお前の父親への贖罪だと思ったのだ」

「我々は、お前の身に起こったようなこと、連鎖的に起こる不幸について考えていなかった。だから、話を聞いた時には少なからずショックだった」

ジョシュアも、静かな声で語った。

私をからかうような、上からものを言うような、いつもの口調とは違う。

それだけ、彼等が真剣に語っているのだとわかった。

「手を差し伸べることは簡単だと思った。暫くの教育と、先の仕事を与えればいい。けれど実際はそうではなかった。お前は気力を失い、何を与えても無駄だった。ターナから聞いたが、自分は空っぽだと言ったそうだな？」

ターナは彼等に仕える者。私との会話を報告するのは当然なのだろう。

「実際、そうですわ」

「出会った時から薄々は感じていたが、我々が賭けの対象にすれば、反発してくるだろうと思った」

「こんな男達に負けたくない、とね」

またジョシュアが口を挟む。

ではあの時の会話は、私をからかっていたわけではないの？

「だが、それにも乗らなかった。好きにすればいい、と流してしまった。命令しても無駄だった。ターナという理解者がいても、同じだ。そんなお前に、二度、気力の火が灯ったことがある。一度は身体を見られて俺を平手打ちした時。もう一度は、両親のことを侮辱されたと感じた時、だ」

私が父のことで怒った時、彼は少し表情を変えたのを思い出す。

「だから、それに賭けてみることにした。自分が、両親を背負っているのだとわかれば、目が覚めるのではないか、と。今度は成功したようだな」

「もっとも、泣かれるとは思わなかったが」

ジョシュアの言葉に、アルベルトも苦笑しながら頷いた。

「さて。エリセ、お前は自分の役割を知った。我々は、お前の望みを叶えてやりたいと思っている。その上で、何を望む？　もう生きていく気力は戻ったのだろう？」

二人は、私の言葉を待った。

彼等が、そんなことを考えていたなんて、想像もしなかった。

私のことなど、取るに足らぬものとして玩具にしているのだとばかり思っていた。

だから気持ちも動かなかった。彼等を認識する気力も起きなかった。今まで私を愚弄してきた者達と大差ないわ、と背を向けていた。

でも、そうではなかったのだ。

その態度は全て、私のためだったのだ。

『私』個人ではなかったとしても、戦争が原因で苦しんでいる人に手を差し伸べたいという崇高な気持ちだったのだ。

「何でも……、叶えてくださるのですか？」

「できることならば」

「では、時間をください」

「時間？」

「私に、もう一度教育を与えてください。そしてもう一度ネイドン伯爵家のパーティへ連れてきてください。私、今度こそ頑張ります。誰が見ても、ちゃんとしたお嬢さんだ、と言ってもらえるように努力します。もう誰にも両親を悪く言わせないように、汚名を雪ぐ機会を与えてください」

二人は顔を見合わせた。

これは図に乗ったお願いだったかしら？

私には無理だと言われるかしら？

一瞬、不安になったが、彼等は同時に吹き出し、声を上げて笑った。

「そうきたか。てっきりやる気が出て、仕事が欲しいとか、金が欲しいと言うと思ったが、両親の汚名を雪ぎたいとはね」

「……だめでしょうか？」

「いや、いい。そういうのは嫌いじゃない。いいだろう、チャンスをやろう。家庭教師は今のまま付けてやる。もう一度パーティにも連れていってやろう。そこでどう評価されるかは、お前の努力次第だ」

「はい」

私は大真面目だったのに、二人はずっと笑ったままだった。

嫌な笑いではなかったけれど。

笑われてもいいわ。

私にできることは、あの場に相応しいと言われるようになるだけよ。

「あの……」

「ん？　何だ？」

「もう一つお願いがあるのですが……」

「何だ」

「ドレスを一着、作っていただきたいんです。華美ではなくても、あの場にいらした皆さんと同じような。もちろん、どんなに時間がかかっても、代金は必ずお支払いいたします。だめでしたら、私に裁縫を教えてください」

「裁縫って……、自分で作るつもりか?」

「一からは無理でしょうが、お借りしているドレスを直すくらいはできると思うんです」

「お前は、やはり貴族の娘だな」

と言ったのはジョシュアだ。

「ドレスがどれだけ高価かわかっていない。何の技能もないお前が支払うにはどれだけかかるか。それに、ドレスを直すにしても、素人の縫ったものなど、伯爵家のパーティに着ていけるとは思えないぞ」

「でも……」

「からかうな、ジョシュア。新しいドレスはもうオーダーしてある。今日には間に合わなかったが、すぐに届くだろう。もちろん、代金をもらうつもりはない」

「それはいけません。教育を受けさせていただくだけでも随分なご負担だと思いますのに」

これ以上お世話をかけるなんて。

「かまわない。その分、頑張って素敵なレディになってみろ。お前が成功すれば、同じような境遇の人間にも、教育さえ施せばきちんとやっていけるという見本になる。お前は両親の名誉だけでなく、戦争で身を落とした者の可能性も背負うのだ」

彼は真っすぐ私を見つめた。

「ただ生きていればいい、と考えていては、その重責は担えないぞ」

脅すような口調にも、怯みはしなかった。

「やります」

やらなければ。

私を想ってくれた両親のために。

自分はとても辛かった。

もし同じ思いをしている人がいるのなら、その人達に同じ思いをして欲しくない。苦しい場所から救い出す助けができるのなら、そのために努力することは厭わない。

だからはっきりと口にした。

「自分のでき得る限りのことを、やらせてください」

私の言葉を、二人は笑わなかった。

できるものか、とも言わなかった。

「期待しよう」

と言っただけだった。

その日から、私の一日はとても忙しくなった。

同じことをしていても、流されているだけと、その流れを受け止めようとするのでは、過ごす時間の密度が全く違う。

教師の方が本を読んでいるのを聞いているだけだった時は、ただ時間が過ぎるのを待っていればよかった。

でもその内容を理解しようとすると、言葉に耳を傾け、質問をし、本に書かれていないことを教えてもらい、自分の頭で考えなければならない。

授業が終わっても、許可をもらって本を借り出し、何度も読んだ。

ピアノも練習した。

誰もが知っていて、ある程度の技巧のある曲を一曲だけでもいいから完全に弾けるようにした方がいいということで、同じ曲を何度も何度も練習した。

ダンスのステップは完璧に頭に入れたけれど。それだけではだめなのは思い知った。

自分が踊るというだけでなく、踊っている姿を他人に見られているのだということも考えないと。

くだらないと思っていた、流行や装飾の話には、教師がいなかった。

するとジョシュアがその教師役を買って出てくれた。

「女性の流行は王妃が決めると言ってもいいだろう。王妃が身につけるものはどれも一流品だ。最低でも王妃が好んでいるもののデザイナーの名前、生地の種類などは覚えておいた方がいいだろう」

　勉強室ではなく、食後の短い時間、お茶をいただきながらの会話。

「男性なのに詳しいのですか？」

　午後はアルベルトとジョシュアは別行動らしく、ジョシュアが私の相手をしている間アルベルトが外出。

　アルベルトが在宅の時にはジョシュアが外出している。

「それぐらい知らないとヤボだと言われるからな。今だと、ドレスはスベン・カーライル、靴はずっとセルドの工房、宝飾はセンリーヌ・ロダンだな」

「何が他と違うんでしょう？」

「デザインもそうだが、着心地、耐久性なども違う。その他にも、政治的なかねあいもある」

「デザイナーと政治？　どうしてですか？」

　質問すると、彼はにやりと笑った。

「細かいことにも興味が湧（わ）くようになったな、いいことだ。ドレスが高価だ、という話はしたな？　つまりそういうものは金が纏（まつ）わる。流行になればそこに金が集中する。金を手にさせていい者と悪い者がいる。だから金の流れを管理するのは政治的なことになる」

「つまり反王政の者と繋がっているデザイナーのものは選ばないようにする、ということですか?」

私の言葉に、また満足げに頷く。

「お前は頭が悪くないようだな。まあ今、反王政を掲げる者はいないが、宮廷内の勢力図はバランスを取っておかなければならない。一つの勢力に富が集中するのはよくないことだ。何故だかわかるか?」

「……羨む気持ちが生まれるから?」

「他には?」

「他に……」

集団の中で一人だけが裕福になる。そのことで起こる問題。

「持てる者が持てない者を支配しようとする?」

優しかった叔父が、男爵位を継いだ途端、私達を下に見るようになった。

「持っているのに、もっと欲しがるようになって、善悪の区別がつかなくなる」

男爵になったのだから、領地からの収入を得ることができたのに、更に家にあるものを売ろうとした。

「それも間違いじゃないが、個人ではなく、もっと大きく考えろ。金回りがよくなって、周りにちやほやされると、自分が王になってもいいんじゃないか、王を自分が操ることができるんじゃないか、と考えるからだ。ま、そこまではお前が考えることじゃないがな」

　男の人達はそういうことを考えるのね。

　確かに、私には縁遠い世界だわ。

「でも女性にも当てはまるところはあるのかもしれませんわ」

「うん？」

「先日のパーティで、私に酷い言葉を投げかけたのは、パーティの主催であるネイドン伯爵家の令嬢ではありませんでした。彼女の友人が、伯爵家のパーティに相応しくないと言ってきたのです。女性達の間でも、そういう権力争いとか、取り入ろうとするという動きはあるのかも」

「まあ似たようなものはあるだろうな。もしもお前がくだらない連中より上に立ちたいと思うなら、どうやったら効果的に上に立てるかを学ぶといい」

「別に上に立ちたいなんて……」

「上に立てば、両親をばかにされることもなくなるだろう」

　それは望ましいことだけれど。

「面白いから、そういうことも教えてやろう。俺は実力の伴わない上下関係は嫌いなんだ」

　ジョシュアは面白そうに言った。

なので、彼からは流行のことだけでなく、堂々とした振る舞いや、一言で相手を黙らせる言葉などを教えられた。

それが自分に必要だとは思わなかったが、今は教えてくれるものは何でも覚えておきたかった。

一方、アルベルトはダンスの先生だった。

ステップ自体は別にちゃんとした先生がいたので、彼から習うのは効果的に派手に見えるステップということになった。

広いフロアでは大きく動く。

ターンの時にはドレスの裾の翻りを意識する。

大袈裟(おおげさ)にならない程度、背を反らせたり、腕を広げる。

「だが何よりも大切なのは顔だ」

彼の踊りは、ダンスの先生よりも上手かった。

「お前は美人だと思う。痩せこけていた頃と違って、清潔にし、肉もついた。どこに出ても恥ずかしくないほどの美人だ」

「……そんなお世辞を言わなくても」

「世辞は言わない。俺は貴族の令嬢を何人も見てきたが、エリセは十分人の注目を集める容姿がある。その赤い髪も珍しいしな」

髪のことを言われて、少し困惑した。

「先日の集まりで、自分の髪の色が珍しいことはよくわかりましたわ。皆さん綺麗な金髪か、艶やかな黒髪でしたもの」

「赤毛はいなかっただろう？」

「はい」

「だからこそ、目立つのだ。その特別な髪の色を、『素晴らしい』と言わせるか『みっともない』と言わせるかは、お前次第だ」

立て続けに三曲踊った後、彼は私を椅子に座らせた。

まだ私には体力が足りないことを、気遣ってくれたのだ。

「王がガラス玉を身につけていても、皆それをダイヤだと思うだろう。だが街の子供がダイヤを持っていれば、皆それをガラス玉だと思う。つまり、どんなものも『誰が』持っているかで周囲の評価は変わる、ということだ。エリセが立派なレディとして振る舞えば、その赤い髪はルビーの輝きと評されるだろう。しかしその場にそぐわない者だと思われればレンガの欠片のような色と言われるかもしれない」

それはわかる。

人は『誰が』ということにこだわるものだ。

男爵令嬢の私と、そうではなくなった私に対する態度が変わったように。

「ターナの努力の甲斐もあって、お前の髪はとても美しいストロベリーブロンドに戻っている。軽くウエーブがかかっているのは、巻いたのか？」

「いいえ、元々です。母が同じ髪質でした。赤い色は父譲りです」

「そうか。ではその髪は両親からの贈り物だな」

そう言われて、胸が熱くなった。

何も残っていないと思ったけれど、私の髪は両親が残してくれたものなのだ、と実感して。

「今度のパーティでは、髪を結わずにそのままで出るといい。踊る度に揺れて、人目を惹くだろう。その集めた目に『美しい』と見せるために、努力をしなければな」

「はい」

人の評価は気持ちで変わる。

そういうこともあるだろうけれど、アルベルトの金の髪はとても美しかった。彼の振る舞いがどうであっても、きっと皆がそう言うだろう。

そういうものもある。

「そういえば、少しエリセに訊きたいことがある」

「何でしょう？」

「不快であれば答えなくてもいいが、お前の父親についてだ。怪我をして戻ったと聞いたが、誰も付いてこなかったのか?」

「いいえ。部隊の方が送り届けてくださいました」

「医師は? 自分で呼んだのか?」

ああ、これは、彼の仕事の話なのだわ。

戦争の傷痕について調べていると言ったもの。

「医師は当家で手配しました。父が戻った時に、侯爵様から見舞金がありましたが、父の怪我は酷く、それも使い果たしてしまいました」

「そんなに酷い怪我だったのに、国から何もしてもらえなかったのか? お前の父は当主だったのだろう。その当主に怪我をさせたのに」

少し怒っているように聞こえる声が、私は何となく嬉しかった。父への理不尽を怒ってくれる人がいる、と。

「母が言うには、呼んだ医師がよくなかったのかもしれないとのことでした。戻った時には自分で歩けていたのですが、医師にかかっている間にどんどん悪くなったので。あの頃は、よい医師は皆王都に集められ、正規の軍の方々の治療に当たっていたようです」

「お前の父も正規軍だったのだろう?」

「でも、軍人ではありませんでした。若い頃に在籍していたので、特別に呼ばれたそうです。剣の腕がよいからと。それに我が家には代わりに出ていく男の子がいなかったので」

「叔父がいるのだろう？　何故弟を出さなかった」

「叔父は貴族ではありませんでしたから。正規軍に呼ばれたのは貴族のみと聞いています。兵卒は市民を集めたようですが、それに対しては男爵家の息子という立場ですから徴兵もされなかったと」

「丁度中間の立場だったわけか」

お父様は呼ばれて出ていったのだ。

断ることはできなかった。

「あの時、こうしてくれればよかったのに、と思うことはなかったか？　こういう制度があればとか」

「……何も考えつきませんでした。父が生きていれば、お金があれば、とそればかり」

何故だかわからないけれど、唇が微笑むように動いた。

笑えるようなことは一つもなかったのに。

「戦争は、我々が起こしたものではない」

「知っています。隣国が突然攻めてきた、と。それを国境沿いの戦いだけで収めた王と王子は素晴らしいと、父も言っていました」

「それでも、人を戦地に集めて戦わせた罪は我々にある」

「あなた達も戦ったのでしょう？」

「ああ」

「それなのに、あなたは私の不幸が自分のせいであるかのように語るのね」

「戦ったからこそ、だ。敵が攻めてくる前に、その気配を察していれば、交渉という手段も取れたかもしれない」

「他国に勝手に攻め込む人々と？」

言葉に怒りが乗ってしまう。

私、怒っているのかしら？

「彼等は貧しかった。大きな災害があって。我が国とは反対の国境沿いで、洪水が起きたのだ。そこは隣国の穀倉地帯だった」

「自分が貧しければ何をしてもいいということにはならないわ」

「そのとおりだな。それでも、飢饉で死んでいった者は哀れだ」

「戦争に駆り出された者も哀れだわ」

「お前にそう言われると返す言葉がないな」

彼はそこで黙ってしまった。

重い沈黙が続く。

この人が悪いわけではないのは、よくわかっていた。

彼も戦争に行ったのなら、とても苦しんだだろう。

相手の国に理由があるのもわかる。けれど他人の理由を気遣って、私はずっと怒りを向ける先がなかった。

貧しさ故に戦争を起こした、侵略されてはならないと戦った。お父様は、国のため、私達のために戦い怪我をした。

お父様が亡くなって、男爵家の息子として生まれながら爵位の継げなかった叔父様が男爵になった。

新しい男爵家に私とお母様は不要だから邪魔にされ、お母様の友人達も私達母娘をずっと養っていけるわけではなかった。

旅の中、人々もまだ貧しく、知り合いでもない私達に優しくする余裕はなかった。

みんな、みんな、わかっている。

わかっているから、怒れない。

ただ諦めることしか……。

「もう、私のことはいいです」

「エリサ?」

「こんなに色々していただいただけで、十分です。どうか、あなたが私のことを気に病むのはやめてください。真の悪人がいなくても、悪いことは起きるのですわ」

「お前は、恨みつらみを口にしないな」

「だって、恨めないのですもの。悪いことを断罪することはできても、アルベルト様が先ほど言ったように、『理由』があるのですから。両親の名誉を回復したいという私のワガママを聞き入れてくださっただけで、ありがたいことです」

「諦めるな！」

突然、彼の声が大きくなった。

声を出した本人も驚いたように、咳払いをして声のトーンを落とす。

「お前は自分を捨てている。私はそれが歯痒(はがゆ)い」

彼が、自身のことを『私』と言ったのは初めてだったが、妙にしっくりと感じた。

アルベルトもジョシュアも、『俺』というより『私』と自称する方が合っているわ。

「お前は怒ることができるはずだ。俺を叩いたように」

あ、また『俺』に戻ってしまったわ。

「その話はもう忘れてください」

「それは無理だ。美しいものは忘れない」

彼は思い出すように、にやりと笑った。

「アルベルト様！」

恥ずかしくて顔を赤くし、彼の名を呼ぶと、彼は笑った。

「そうだ。そうやって怒るべきだ。自分が持っているものを大切だと思うべきだ」

「持っている？　私が？」

全てを奪われた私が？

「そうだ」

彼は背もたれに身体を預け、軽く指を組んだ。

「まず若さだ。何があっても、やり直せる若さがある。そして美貌、世辞ではなくお前は美しい。そして知性、勉強を教えている教師達が物覚えがいいし、質問も的確だと褒めていた。お前は残されたのは命と身体だけだと思っているようだが、その二つがあれば、これから何でも手に入る。その二つの中には、両親の残してくれたものも詰まっている。その髪のように」

私に……、残されたものがある。

「自分を大切に思えないのなら、何か大切に思えるものを作るといい。大切なものがあれば、それを守るために努力するだろう。傷つけられれば怒るだろう。その努力と怒りが、お前に立ち上がる気力を与えるはずだ。もう一度言う、お前には残されたものがある。持っているものがある。それを使え」

「大切なもの……」

「お前の両親との思い出もいいだろうが、残念なことに二人は亡くなった。過去の人だ。これから先、生きてゆくための糧を得るべきだ」

「あなたがそんなに優しいのは、私が戦争の被害者だからですか?」

「それもある。だがお前のように魅力的な女性が全てを捨ててるのがもったいないと思うからでもある」

「魅力的だなんて……」

「これも世辞ではないぞ。俺の言葉が信じられないなら、今はそれでもいい。お前が教育を受けて再びパーティに出た時、俺の言葉が真実だとわかるだろうからな」

長く、褒められることもなかったから、彼の言葉は嬉しく面はゆいものだった。

両親は私を可愛(かわい)い、美しいと褒めてくれていたけれど、それは親だからだったかも。社交界にはまだデビューしていなかったので、第三者の評価は受けていなかった。

けれど、アルベルトに言われると信じてみたい気になった。

彼の目は、とても真剣だったから。

「もう一度踊るか?」

アルベルトは立ち上がり、手を差し出した。

……夢を見そうだわ。

彼は色々と言ってくれたけれど、私は持っていないものの方が多い。

お金も地位もない。後見してくれる人もいない。

それでも、王子様のようなアルベルトにダンスに誘われると、自分がまた貴族の令嬢に戻れるのではないか、と。

そんな夢を見てはいけないのだけれど、彼が与えてくれる今の生活は、私を惑わせた。

「踊ります。教えてください」

彼と踊ることがレッスンではなく望まれて踊っているのではないかと誤解するほどに。


家庭教師は丁寧に教えてくれた。

ジョシュアは上から目線で少し意地悪に、そして悪いことも教えてくれた。

アルベルトは厳しいけれど優しくて、私にやる気を起こさせようとダンス以外のことも教えてくれた。

ジョシュアとアルベルトは毎日相手をしてくれるわけではなく、最初のうちこそ毎日交替で相手をしてくれたけれど、そのうち二人揃って出かけたり、二人で私の相手をしてくれたりと不規則になった。

彼等には彼等の仕事があるのだろう。

そんな時は、本を読むかターナと話をする。

私が一通りの礼儀を覚えると、彼女は私を男爵令嬢として召し使い達に紹介し、私は召し使いと言葉を交わすことを許され、お屋敷を自由に歩き回ることも許された。

といっても、勉強が忙しくて、息抜きに庭を散歩できるようになっただけだけれど。

知識を得ると、二人は私を勉強ではない席にも同席させてくれた。

彼等の話すことは仕事のことが多かったが、そうではない軽い会話もあった。

「エリセ、ジョシュアは以前皆の見てる前で、アブミにブーツを残したまま馬を降りたことがあるんだぞ」

「だからあの時はアブミがブーツに引っ掛かって外れなかったんだ」

「笑いを取るためにわざとやってたのかと思った」

「そんなみっともない真似するか」

「緊張感を和らげるために身を犠牲にしたんだと思ってた」

「それならアルベルトだって。渡された鞭を落としただろう」

「……あれは鞭など必要ないという意思表示だ」

「受け取りそこねのくせに」

怖い存在。

遠い存在と思っていた彼等の日常。

そんな話を聞いていると、だんだんと距離が近づいてゆく。

彼等がそれを許してくれている。

「俺は焼き菓子に入ってるナッツが嫌いなんだ」

と菓子からナッツをほじって取り出す姿は子供のようで。

「エリセ、今日の夕飯は何だか知ってるか？」

「俺は肉がいいなぁ。遠駆けしてきて腹が減った」

私に気さくに話しかけてくれて。

「今日出向いた先に市が立っていたから土産だ」

「女の子は甘いものが好きだろう？」

とお菓子をくれる。

そんなふうに扱われていると、自分がここにいていいのだと思うようになってしまう。

この先もここに置いてもらえるのではないかと。

もちろん、よくわかっていた。

そんなことはあり得ないのだ。

彼等は、私という個人に優しくしてくれているのではない。戦争で苦しんだ人間を、使命として立ち直らせたい、優しくしたいと思っているだけなのだ。

飽きてしまったら、追い出されるかもしれない。

いいえ、それほど酷い人達ではないわね。

でも、私が目的を遂げたら、伯爵家のパーティで両親の名誉を回復させたら、もういいだろうと手放されるだろう。

私はいろんなことを覚えた。

だから、もう一人で生きていけるだろう。

ここを出て、メイドにもなれるかもしれない。

もしかしたら、ここで雇ってもらえるかもしれない。

でも、万が一ここで雇われたとしても、もう同じ生活はできない。彼等とこんなふうに会話を交わすことはできない。

使用人は、主人と同席することもできないし、名前を呼ばれることもない。

これは今だけのことなのだ。

今だけのことだから、この時間が愛おしく感じてしまう。

誰かと過ごす時間が、楽しいと思う日が来るなんて、お母様が亡くなってから想像もしなかった。

生きていること。

ただそれだけしか考えていなかった。

楽しむなんて、もうあり得ないのだと思っていた。

「今日はカードをやろう。ターナから聞いたが、お前は上手いらしいな」

アルベルトが私を誘い、カードルームへ連れてゆく。

「父に教わりましたので」

メンバーが足りないからと、執事も呼ばれ、四人でテーブルを囲む。

「父親が？」

私が座る時、アルベルトが椅子を引いてくれた。

レディにするように。

「剣士として王都で仕えていた時、兵舎で友人達と楽しんだそうです」

「ああ、確かに、兵舎ではよくみんなやってるな。貴族の兵舎と市民の兵舎は別なんだが、雰囲気はどっちも似たようなもんだから不思議だな」

少し意地悪だったジョシュアも、友人のように話しかけてくれる。

「お前の父親の部隊の話とかは聞いてないのか？」

「戦争の話を女子供にするような方ではありませんでした。武勲を立てたというのも、侯爵様を庇って怪我をしたというのも、父を運んできてくれた方から聞いたくらいですから」

「では嘘かもしれない」

ジョシュアが意地悪く言う。

前の私ならば、すぐにカッとなっただろう。

父や私を侮辱している、と。

でも他ならぬ彼自身から、人が人を『引っ掛け』ようとすることがあると、その時の対処法を教えられていたので、怒ることはしなかった。

「部隊の方が私達に嘘を言う理由がありませんわ。それとも、何か考えつきまして？　でしたら教えてください」

冷静に、筋を通して、決して攻撃的ではないけれど相手が答えに窮する質問で返す、だ。

微笑んで問い返した私に、二人は満足そうに見交わした。

「上手くなったな。上出来だ。確かに、父親が言ったなら嘘かもしれないが、他人が伝えたなら真実だろう」

私をからかっていない時は、ジョシュアも貴公子に見える。

二人は雰囲気がよく似ているけれど、アルベルトは軍人のような堅さがあるのにジョシュアはどこか奔放だわ。

ある時はアルベルトが指揮を取り、ある時はジョシュアが率先してものを言う。

二人の間に上下関係はないように見えた。

本当によいお友達なのね。

世界に興味を持つようになると、今まで気づかなかったことに気づく。

気力を失っていた時には彼等が美丈夫であることにすら注意を払わなかったのに、今は二人がとても素敵な男性だと意識しているように。

私は、彼等のことを何も知らなかった。

ゾーイ侯爵の名代で、戦後復興の仕事をしているということだったわ。

彼等が出かけるのも、その調査のためらしい。

けれど具体的に何をしているのかは知らない。

ゾーイ侯爵と彼等の関係は、上司と部下かしら？

戦争に行ったということは騎士？

彼等のフルネームも知らない。

アルベルトとジョシュアというのが本当の名前かどうかも確かめられない。

彼等の爵位も知らない。多分、貴族ではあるのだろうけれど。

そういえば、この屋敷がゾーイ侯爵のものか、彼等二人のどちらかの家のものかも教えられていなかった。

裕福な方の別邸ということだけれど、彼等のものでないのならどうしてこんなに自由に使えるの。

彼等のどちらかのものであるのなら、本当に裕福な家の子息なのだわ。

教育を受けた今なら、この屋敷の調度品や美術品がいかに高価だかわかるもの。

様々に疑問はある。

けれど私にはそれを質問することができない。

聞いてしまったら、もうこんなに自由にすることはできないかもしれない。

今このカードテーブルについている執事が、無口なのが証拠。

執事であろうと、乞われてカードテーブルを囲もうと、使用人は友人のように笑い交わすことはできない。

今は男爵令嬢の扱いを受けていても、いつかは私も使用人の側に行く。

彼等が口にしないことを問いただせば、その日が早まってしまうかもしれない。

……いやだわ。

もう何も望まないと思っていたのに、また私は望みを持っている。

この生活がいつまでも続かないかと、彼等と楽しく過ごせないかと。

何度も経験したじゃない。

持っているものはいつか必ず失う。

この楽しい生活も、いつか必ず奪われるものなのよ。

「うーん、本人の言うとおりエリセはカードが強いな」

ジョシュアが声を上げ、手札をテーブルに開いた。

「また負けた」

「母が言ってましたわ。殿方は勝負に熱くなってしまうから、女性の方が強いのだと」

「そんなことはないだろう。勝負事は男の方が強い。もうひと勝負してみよう」

「そうやって、勝つまで続けてしまうから、殿方は負けが大きくなるのですって。女性は負け始めると負けが小さいうちにテーブルを離れるのだと」

「さようですな。女性は潔く負けを認めるのがお嫌いなようですから、早めに手を打たれるのかも。喉が渇いたから抜けてお茶をいただく、ですとか」

　ここまで黙っていた執事が口を開いた。

「私も負けました。そろそろお休みになられては？　女性には睡眠不足は美容の敵ですし、お二人はそろそろお酒を召し上がりたいのでは？」

「そうだな。部屋にブランデーを頼む。ジョシュアも飲むだろう？」

「ああ。飲む。チーズを添えてくれ」

「ではここでお開きですな。すぐにお部屋にお届けいたします」

「どれ、チーズを選んでこよう。俺の好みでいいな？」

「青カビなら何でもいい」

　アルベルトと執事が一緒に立ち上がる。

　ジョシュアは残ってカードを片付け始めたので、手伝おうと手を伸ばした。

「ああ、いい。二人でやるほどのことじゃない」

　拒まれたが、嫌な言い方ではなかった。

「それでは、私もお先に失礼させていただきますわ」

手を引っ込めて立ち上がろうとすると、彼が私を見つめていることに気づいた。

「何か……？」

「『お先に失礼させていただきますわ』か、本当に、貴族の令嬢らしくなったな」

「ありがとうございます。皆様のお陰ですわ」

彼はカードを揃えながら、まだ私を見ていた。

「何かご用がおありでしたら、どうぞ？」

と言うと、彼はカードから手を離し、背筋を伸ばしてこちらを向いた。

いつもとは違う、『正式な』居住まい。

「余計な考えかもしれんが、お前が貴族の令嬢のようになれたからといって、大それた望みを持ってはいけない」

話し方も声も、いつもとは違う。

低い声と、形式張った喋り方に、思わず私も身構える。

彼等が、私より格上の貴族である、と思い知らされて。

「それはどういう意味でしょうか」

「欲が出ているのではないか、と思ってな」

その言葉に、指先が僅かに震えた。

ずっとここにいたい。彼等と楽しく過ごしたいと考えていたのを見透かされた気がした。

私が身を固くしたことに気づいたのか、ジョシュアは僅かに目を細めた。

「もしも、お前が私達のどちらかの妻になれると誤解しているのなら、それはあり得ないことだと言っておく」

妻？

そこまでは……。

「私はこの国の王子だし、アルベルトは公爵家の跡取りだ。お前が男爵令嬢であっても、とても相手に選ばれる立場ではない」

王子？

「お前にはよくしてやろう。だが過ぎた望みは持つな」

「あ……、あなたが王子様なら私は王女ね。とても信じられないわ。それに、私は誰とも結婚したいなんて思っていません。私は両親の名誉が回復できれば、それだけでいいんです。それに対しては心から感謝していますが、今のは失礼ですわ」

きっぱりと否定すると、彼はくしゃりと顔を崩して笑った。

「それならいい。自分の立場をわきまえているのなら、な」

「……失礼します」

「エリセ、このことは誰にも言うなよ！」

「そんなに口が軽くはありませんわ」

私はすぐに席を立ち、カードルームを出た。

胸がドキドキする。

私が彼等の妻？

考えたこともなかった。

彼等と一緒に過ごしたいと思ってはいたけれど、それは恋とか結婚にまで到達していない気持ちだった。

自分の部屋へ駆け込むと、扉を後ろ手に閉め、ベッドに腰を下ろした。

ジョシュアの言うことはわかる。

彼等ほどのハンサムで、身分のありそうな殿方なら、女性は誰しも心惹かれるだろう。

でも私はそんなことは考えないわ。

だって、ちゃんとわかっているもの。

彼が王子様や公爵の跡取りでなかったとしても、親もなく、家もなく、爵位もない私が、彼等のお相手になるなんて考えられない。

「王子様ですって……」

わかっていても、大それた望み、と言われたことは辛かった。

「いくら身分違いだと言いたいからって、大袈裟な嘘だわ。急に真面目に話すから、ちょっと本気にしてしまうじゃない」

優しくしてくれていると思った。

親しみを抱いてくれていると思っていた。

けれど彼等は、私を『違う者』として見ていたのだ。そのことがショックだった。

結婚したかったわけじゃないけれど、結婚相手にはならないと宣言されたことで、立場の違いを明言されたことが、ショックだった。

「あんな嘘をつかなくたって、ちゃんとわきまえてます。私は、何も得られない人間だって」

あんな嘘をつかなければならないほど、自分が下心を疑われていたのかと思うと、それも悲しかった。

けれどこれで強く戒められたわ。

余計な夢を抱いてはいけないと。私はここにいてはいけない人間。遠からず、ここを出て一人で生きていかなくてはならないのだ。

今がどんなに穏やかで優しい時間であっても、これもいつか失われるのだと。

今までそうだったように。

また与えられてから奪われるのだ、と。

翌日、ジョシュアは朝から出かけていった。

昨日の言葉は、自分がいなくなる前の忠告だったのかもしれない。

私はいつものように家庭教師との時間を過ごし、昼食を摂り、午後からは自室で過ごす予定だった。

だが、メイドが私を呼びに来て、予定は変わった。

「アルベルト様がヒースの間でお呼びでございます」

読みかけていた本を閉じ、案内されるままヒースの間に向かう。

そこは奥まった場所で、立ち入ったことのない部屋だった。

「失礼いたします。エリセ様をご案内いたしました」

メイドが扉を開けると、中はこぢんまりとした談話室のような部屋だった。

窓は高いところに明かり取りが一つあるだけだがとても明るい。壁際には大きな花が飾られ、閉鎖的な印象だけれど美しい部屋。

アルベルトは、大きなテーブルに箱をいっぱい並べ、その前に座っていた。

「お呼びということですので」

私が入ると、扉が閉められ、二人きりになる。

「ああ。まあ座れ」

アルベルトは、彼の傍らにある椅子を勧めた。

椅子に着く時には、たいてい向かい合って座っていたのに、隣に来いと言われるのは珍しい。

「何でしょう？」

「昨日ジョシュアとも話したんだが、そろそろお前をパーティに連れていってもいいかと思ってな」

パーティに行く。

それは私にとって彼等との別れを意味する。

「ドレスはもう注文してある。淡い緋色のものだ。お前の髪に合わせた。ピンクではなく、緋色だ」

と言って彼はテーブルの端にあった端切れを見せた。

オレンジがかった美しい赤い布。確かに、淡い緋色というのがぴったりな、美しい色だ。

「ありがとうございます。私ごときのワガママのために、ドレスまで作らせてしまって……」

自分は、そんなものをねだれる立場ではないのに。

「お前ごとき、じゃない。お前だから、だ。まあいい。それで、このドレスに似合う装飾品は自分で選ばせてやろうと思って、今この家にあるものを全て出させた。好きなものを選ぶといい。ここは仮住まいだから、そう多くはないのだが」

アルベルトは手近な箱を一つ開いた。

外も内もベルベットが張られた箱の中には、ダイヤとルビーで作られたネックレス。

続いて開いた箱はオパール、次はサファイア。

「好きなのを選べ」

言われて、私は困ってしまった。

「どうした？　気に入ったのがないのか？　他にもあるのだから開けてみろ」

私は小さくため息をついた。

「どれを見ても同じです。私にはわかりません」

「ドレスのデザインと合わせてから、ということか」

「いいえ」

アルベルトはそれまで浮かべていた笑みを消し、私を見た。

「何がわからない。宝石は嫌いか？」

「美しいとは思います。勉強させていただいて、どれが一番高価なものなのか、細工が立派なのかも、デザインから工房を言い当てることもできると思います。けれど、どれが『私がパーティに出る時に身につけるべきか』はわからないのです」

　失望されてしまったかしら。

　でも本当にわからないのだもの。

「この家の艶かなご主人が付けるのでしたら、一番高価なものを付けるべきだと思います。もしその方が年配の方でしたら、華美なものではなく、希少性のあるものを。ご夫婦であることを意識するなら、ご主人の装飾品と色を合わせて、若いお嬢さんならば宝石の種類よりも可愛らしいデザインのもの。それぞれのお立場でも選ぶものが決められます。でも私は……。私は何者でもないので、何が相応しいのかわからないのです」

　空っぽの私。

　自分の立場などない。

「何者でもない、か。相変わらず自分が空っぽだと思っているわけだ」

「何を詰め込んだらいいのか、わかりません。大切なものを見つけろと言われましたが、探しに行くこともしませんでしたし」

「俺はどうだ？」

　アルベルトが訊いてきたので、私は思わず笑ってしまった。

「ご冗談を」

すぐに離れてゆくとわかってるのに。

もしあなたを大切に想ってしまったら、悲しみが大きくなるだけ。また一つ苦しみを抱えるだけだもの。

「パーティの当日は、俺がパートナーになってやろう。お前が選ぶのは、俺のパートナーに相応しいもの、だ。それならどうだ。選べるか？」

「アルベルト様が私のパートナーに？　それこそ私など相応しくありませんわ」

「相応しくなればいい。それに、もうお前は十分その素養がある」

彼は、ふいに私の手を取った。

男の人に手を握られることに慣れていない私は、ビクッと身体を震わせた。

けれど彼は気にせず続けた。

「どうしてだろうな。お前を見ていると、何かしてやりたくなる。欠けたところを埋めたくなる。俺が外でダンスをするなんて、面倒しかないはずなのに。どんなに面倒でも、お前に満足を与えたい」

青い瞳がじっと私を見る。

「お前と踊るダンスは楽しかった」

そして微笑む。

「俺はお前の怒った顔と泣き顔は知っている。礼儀としての微笑みも。だが心から笑った顔は見たことがない。それを見てみたい」

「……無理です。心から笑うなんて」

「そう言われると、益々見たくなる。空っぽだというお前の中に、いろんなものを詰め込んで、笑えるようにしたくなる」

それは、仕事の一環として？

苦しんでいる人が笑えるようになるまで、尽力してやりたいという責任感？

そんなに真剣な眼差しで言われると、もっと別の意味があるのではないかと誤解をしてしまいそうだわ。

いいえ、その誤解だけはだめよ。

「エリセを初めて見た時、綺麗な娘だと思った」

「嘘ばかり、男と間違えたのに」

「訂正しよう、女性とわかってから、だ。痩せていても、汚れていても、きちんと整えれば美人になるだろうと思った。そして事実そうなった。お前は、笑うともっと美人になると思う。そしてこれもまた間違っていないと思う」

握ってくる手に力が籠もる。

「俺と踊ろう。パーティで、お前をばかにした連中の鼻をあかしてやれ」

「私は両親の名誉が回復されれば……」

「俺がそうしたい。俺が認めた者をばかにされたくない」

高揚した様子で顔が近づくから、わざとつれなく言った。

「私はあなたのものではありませんわ」

すると、彼は落ち着きを取り戻し、すっと手を離した。

「そうだな」

大きな手が離れてしまうと、急に寂しさを感じる。

さっきまで、困っていたくせに。

……彼を失うというのは、こういう感じなのかもしれない。

いいえ、もっと寂しくなるかも。

「お前の笑顔を見せてくれ。そうすれば、はっきりする」

「はっきり？　何がです？」

彼は、ふふんと鼻を鳴らした。

「そうだな……。道楽の行方、かな」

私をレディに仕立て上げる道楽の行方、ということ？

私が自立できるかどうかの確認？

「さて、何者でもないお前に役割を与えてやった。俺のパートナーとして相応しい女性が身につける宝石だ。選べ」

そう言われると、安っぽいものは選べなかった。

先日のパーティの時に見た、美しいアルベルトの姿が目に浮かぶ。

あの時の彼の隣に立つ女性ならば……。

私は全ての箱を開け、中身を吟味した。

そして選んだのは、最初に彼が開けたダイヤとルビーのネックレスだった。

「これが……」

私には相応しくないかもしれないが、彼の隣に立つ赤毛の女性には相応しいだろうと。

「私もそれが一番似合うと思っていた」

また自分のことを『私』と言った彼は、満足げな顔で微笑んだ。

「趣味がいい」

その笑顔がとても嬉しそうだったので、心の奥が少しくすぐったくなった。

彼が嬉しそうで嬉しい、という気持ちになって。

誰かが喜ぶことが自分の喜びだと感じるのは、久々の感覚だった。


ジョシュアのいない二日間、アルベルトは何度も私と踊った。

パーティに履いてゆく靴が一足先に届いたので、履き慣らすためだと言って。

わざわざ楽師を呼んでピアノも弾かせた。

「人形のようだったお前が、生きた人間になってゆくのを見るのが楽しい」

彼は言った。

「想像以上に美しく、賢くなってゆくのを見るのが楽しい。だがどうあっても、お前は心から楽しむことをしない。やはりどこかに心を置き忘れたように」

まるでジョシュアがいないことで、息抜きをしているように饒舌だった。

「今だから言うが、パーティに連れていったのは、お前に恥をかかせるためだった。両親のことで一度、怒っただろう？　だから女同士の争いに放り込めば、また腹を立てて少しは発奮するかと思ったんだ」

もしもジョシュアが言ったことが本当で、彼が王子様で、アルベルトがその側役なら、あり得ることだけれど。

「ある意味成功し、ある意味失敗したな」

本当なら……。

「お前は女同士の戦いには興味がなかった。しかし両親のことを悪し様に言われて泣いた。心が動いたんだ。悪いとは思ったがそれを利用しようと思った。両親の名誉のために動け、と」

彼の語る言葉が心地いい。

アルベルトは私を蔑んだりしない。

何かを奪おうともしない。

彼は『持てる者』だから、他人から奪う必要がないというだけかもしれない。でも私よりずっと上の世界にいる人なのに、私に冷たく当たることもない。

立場をわきまえろ、とも言わない。

持っている人は持っていない私を蔑み、持っていない人は私から奪おうとするのが当たり前だと思っていたのに。

彼はただ与えてくれるばかり。

夢を……、見そうで怖い。

彼に、好意を抱いてしまいそうで怖い。

「早くその髪が伸びるといいな」

微笑みかけられると、心が動いてしまいそうで怖い。

「髪が長くなっても、邪魔なだけですわ。働くのには余計ですもの」

だから冷たくしなければ。

「馬には乗れるんだったな。今度三人で遠乗りにでも行ってみるか？」

「そんな余裕はありません。今はパーティのことで頭がいっぱいです」

彼の誘いに乗らないようにしなければ。

何も欲しくないの。

何も望まないの。

失うくらいなら、何も持っていない方がいい。

何度もそう思ったじゃない。

だから、私に与えようとしないで。

安らかな生活も、優しさも、慣れてしまってから失えば後が辛くなる。

温かな手も、素敵な微笑みも、望めば手に入らないことを嘆くようになる。

大それた望みは抱くな、というジョシュアの言葉を思い出さなくては。

彼等は私とは違う世界の人で、私は彼等にここから先のことを何も約束されていないのだということを忘れないようにしなくては。

「お前に足りないのは、自信だな。自信と誇りを手に入れれば、もっと貴婦人らしくなる」

「なってどうなるんです？　貴婦人ではないのに」

「少なくとも、パーティでは役に立つ。取り敢えず、自分に自信がない時は、俺がパートナーに選んだ女性だ、ということに誇りを持っておけ」

「誇りを持つとどうなるんです？」

「気品が出る。お前は私が好きか？」

その言葉に反応してはだめ。

「感謝しています」

「では恩人だとは思っているわけだ」

「もちろんです」

それはもう否定しない。

勝手にしていること、とは言わない。

「ならば、両親の名誉を守るように、恩人の名誉も守ってくれ。あんな娘を連れてきて、と嗤（わら）われるような女性にはならないように」

「はい。努力いたします」

アルベルトに恥をかかせたくはない、と強く返事をした時、私は自分の中にある危うさを感じた。

凪（なぎ）の水面に石が落ちて、水紋が広がるように。私の心に小さなさざ波が立ったような気がして……。

パーティ用のドレスは、本当に美しいものだった。

宝石を選ぶ時にアルベルトに端切れを見せてもらっていたけれど、あんな小さな布からでは想像できないほど豪華だった。

今度は正式な夜会に出るというので、肩を出した大人っぽいデザイン。胸元にはビーズの飾りがあしらわれ、首にはあのダイヤとルビーのネックレス。

イヤリングもお揃いのもの。

腰は細く締められ、濃い緋色の上に淡い緋色を重ね、その上にヴェールのようなジョーゼットを重ねたスカート。

髪はまだ伸びきっていなかったので付け髪だったが、真珠とルビーでできた髪飾りが付けられた。

「豪華すぎる」

支度のできた私を見て、ジョシュアが呟いた。

「美しくていいじゃないか」

と、目を細めてご満悦な表情なのは、アルベルト。

「確かに美しいとは思う。田舎貴族の集まりでは、目立ちすぎる」

「だが俺のパートナーとしてはこれぐらいじゃないと」

「誰のパートナーだって？」

アルベルトの言葉に、ジョシュアの眉(まゆ)が上がった。

「俺の、だ。今日はエリセをエスコートする」

「聞いてないぞ?」

「今言っただろ」

どうやらそのことについて、二人の間に話し合いがなかったようだ。

「お前まで目立つだろう。今回は内密での仕事だったはずだ」

「一度のパーティでそれほど目立たないだろう」

「自分の容姿を考えろ。そこらのイモ貴族と違うだろう」

……ジョシュアの口の悪さは王子様のものとは思えないわね。

「お前だって、イモより秀でてるぞ」

アルベルトも。

「どうあっても、出るんだな?」

「ああ」

アルベルトが答えると、ジョシュアは不満だらけの顔で「ちょっと待ってろ」と言って一旦部屋から出ていった。

私などをエスコートすることに、やはりジョシュアは反対なのだろうか。わきまえが足りない、と怒っているのだろうか。

不安な顔をしていると、アルベルトは気づいて笑いかけてくれた。

「そんな顔をするな。あいつは自分より目立つなと言いたいだけさ」

ジョシュアはそんなに目立ちたがり屋ではないと思うのだけれど、戻ってきた彼は先ほどより派手な上着に着替えていた。

アルベルトは濃紺に銀の飾りの付いた礼服だが、彼のは明るいグリーンに金の刺繍が施されている。

二人とも容姿だけで十分人目を惹けるが、衣装ではジョシュアの方に目が行ってしまうだろう。

本当に、目立ちたがり屋なのかしら？

「すまんな」

アルベルトは笑いを堪えながら、ジョシュアの肩を叩いた。

「もういい。ほら、馬車に乗るぞ」

先日と同じように、私達三人は馬車に乗り込んだ。

違うのは、乗る時にアルベルトが手を差し出してくれたこと。

本当に、私をエスコートしてくれているのだ。

ジョシュアが留守から戻ると、二人は私のパーティへの出席について話し合った。

どうやら彼等には次の仕事があるらしく、なるべく早い方がいいだろうということになった。ジョシュアはさっさと私を追い出したいから、というのがあるのかもしれないが。


　私の目的を考えると、やはりネイドン伯爵家主催のものがいいだろう。

　しかも今度は慈善パーティなどではなく、ちゃんと形式に則(のっと)った夜会がいい。

　ネイドン伯爵にはゾーイ侯爵の名代として話を通してあるから、招待状をもらうのは難しくはない。むしろ、出席したいと言えば喜んで招いてくれるだろう。

　北の実家を出てから王都に向かっていたつもりだったが、安全な道を選んだことと、お母様が病気になったことで、実はここはまだまだ王都には遠い場所だった。

　だから、盗賊も出るし、地元の貴族を二人がイモ貴族などと言うのだろう。

　正式な夜会であっても、出席者に伯爵以上の爵位の者はいない。

　王都で立場を得ているような者もいない。

　だから、私の今の姿は男爵令嬢どころか、侯爵令嬢でも通じるだろうとのことだった。

　私にとっては華やかだったあのパーティも、彼等にとってはゆるやかな集まり程度だったらしい。今夜の正式な夜会すら、気軽なパーティでしかない。

　緊張しているのは、私だけだった。

　先日と違い、日が落ちた後の移動だから、気を紛らわすために窓から外を見ても、見えるのは暗闇(くらやみ)ばかりで気を紛らわすものもない。

それだけに、伯爵家に到着した時には、緊張がひとしおだった。

連なる馬車。

客人を迎えるために焚(た)いた篝火(かがりび)。

暗闇に浮かぶお屋敷。

思わず顔が強(こわ)ばってしまう。

「どうした？　降りるぞ」

と言われても、足が動かなかった。

「緊張して……」

「夜会は初めてか」

「はい」

アルベルトが私の手に触れた。

「冷たいな」

彼の手が熱い、ということは、私の手が冷えきっているということだ。

「ドレスの裾を踏ん付けて引っ繰り返ったら、今日までの努力は水の泡だな」

ジョシュアの軽口に、悪いイメージが浮かぶ。

そのとおりだわ、と。

「苛(いじ)めるな、私のパートナーだぞ。エリセも言っただろう。お前が考えるべきことは、

『私に恥をかかせない』だけでいい。それができれば、お前の望みは叶う」

私の望み。

私にもまだ、望むことがある……。

「何だ、だからパートナーを買って出たんだな。彼女の尻を叩くために」

「そろそろ言葉も戻せ、ジョシュア。女性を前に『尻』はだめだ」

私の望み。

それは……。

「すまなかった。これは確かに私が失礼だった。エリセ嬢、非礼を詫びよう」

ジョシュアが軽く礼をした。

二人は自分を『私』と呼び、纏う空気を変えた。

「馬車を降りたら、もう泣き言は聞かないぞ。この場所で、間違いなくお前が一番教育を受けた娘だ」

強い言葉を向けるアルベルトの顔も、いつもよりずっと凛々しく気高かった。

「はい」

アルベルト、ジョシュアに続いて馬車を降りる。

二人は私を待ち、アルベルトが手を貸してくれる。

私はできるだけ優雅に微笑み、当然のように彼の腕に手をかけた。

迎えに出ていたネイドン伯爵が私達の姿を見て微笑む。

「ようこそいらっしゃいました。トーレス伯爵、ミレー伯爵」

それがこの二人のここでの名前。それが本当の名であるかどうかはわからないけれど。

「今宵(こよい)はとても美しいお嬢さんをご同伴ですな」

ネイドン伯爵の視線に、私はアルベルトから手を離し、深く頭を下げた。

「先日は歓迎していただいてありがとうございます。本日も、そのお優しさに甘えて訪問させていただきました」

伯爵は、おや？　という顔をしたけれど、すぐに笑みを戻した。

「おお、先日もお二人といらしたお嬢さんでしたか。ええ、その赤い髪は覚えておりますとも。男爵令嬢、でしたかな？」

「はい」

「どうぞ今宵もゆっくりと楽しんでください」

伯爵が玄関先で客を迎えていたのは、二人を待っていたからだとわかった。

まだ他の馬車が到着しているのに、私達と共に中へ入ってしまったから。

大広間は、先日とは違う様相を呈していた。

窓は開いていたが、その先には闇。

光の足りない分は燭台が補い、幾つものシャンデリアも上から光を降らせる。

その下には、先日よりも着飾った人々が笑いさざめいていた。

楽隊も入っていたが、まだ静かな音楽を奏でるだけで、フロアで踊る人はいない。今は歓談を楽しんでいるのだろう。

「エリセ、私達は伯爵と話がある。女性達の方へ行っていなさい。ダンスの時には迎えに行こう」

「はい。それでは失礼させていただきます」

ここからは一人。

私を歓迎はしていないであろう女性達の中に入っていかなければならないのだ。

アルベルトの恥にならないように。

恥をかかずにいられるだけの知識は詰め込んだ。

私はちゃんと教育を受けてきた。

自信はなかった。けれど、アルベルト達を信頼していた。

アルベルトは私をパートナーにしてくれたし、ジョシュアも馬車を降りる時にはレディとして扱ってくれた。

彼等が認めたならば、私は大丈夫。

「先日は失礼いたしました、奥様」

幸い人の顔を覚えるのは得意だったので、私は一番にネイドン伯爵婦人に挨拶をした。

夫人は私とわからなかったのか、私の姿を見て座っていた椅子から腰を浮かせた。

「まあ、いらっしゃいませ。ええと……」

「慈善パーティの時にお邪魔いたしました、セルウェイ男爵の娘、エリサでございます」

「セルウェイ男爵……。ああ、ゾーイ侯爵のご名代とご一緒なさった」

「はい」

私の赤い髪は珍しく、それで覚えているだろうと思ったのだが、あの時の私は取るに足らない存在だったのだろう。

名乗るまで、思い至らなかったようだ。

「先日はもっとおとなしいお姿だったから、見違えてしまいましたわ」

私が男爵令嬢であると思い出すと、夫人はすぐに座り直した。

「先日は、簡単な集まりだからと突然連れてこられたものですから、無作法なところがありましたら、謝罪させていただきますわ」

「いいえ、そんなことはありませんでしたよ。どうぞ今日も楽しんでいってくださいね」

彼女の視線が私の首元に向けられる。

そこにはダイヤとルビーのネックレスがあった。私も、豪華だと感嘆した。

それで私の価値を決めたのだろう。浮かぶ笑顔は上機嫌だ。

「メリザンド、エリサさんよ」

　夫人が呼ぶと、数人で話をしていたメリザンドがこちらを振り向いた。

　その輪の中にフロリナもいる。

「まあ、エリサさん？　見違えてしまったわ。今日は素敵なドレスね」

　私は目礼して夫人の下を去り、若い女性達の集まりに近づいた。

　皆、やはり先日よりも派手な装いになっている。

　それでも、私の着ているドレスは格別だった。

「素敵だわ。それ、どちらで作られたの？　またお直しなさったの？」

　悪意は感じなかった。

　素直な質問だったのだろう。

「今日のために作っていただきましたの。先日は古いドレスなどで出てしまって、非礼だと怒られてしまいましたから」

　誰に、とは言わなかったが、フロリナが視線を外した。

「どちらで作られたものかはわかりませんわ。用意されたものを着るだけですから。あまりこだわりがありませんの。ですから失礼なことをしてしまって。本当にごめんなさい」

「いいえ、いいのよ。時折そういう方はいらっしゃるわ。さ、どうぞ、お座りになって。ネックレスも素敵ね。あなたの赤い髪に合っているわ」

　勧められ、私は椅子に腰を下ろした。

もちろん、座る時の所作にも注意した。

「これは借り物ですのよ。私に似合うだろうと、貸してくださった方がいらして」

持っていないものを持っている、というのは嫌だった。なのでここは正直に言う。それでも、こんなに高価なものを貸してくれる人が身近にいる、というだけでも評価は変わる。

「いいわね。私もそんな方とお知り合いになりたいわ」

「借り物で着飾っても、中身がちぐはぐでは仕方ありませんけれどね」

横から口を挟んだのは、フロリナだ。

彼女も、今日は先日より派手なドレスを着ていた。だが私のものにはかなわない。アルベルトが用意してくれたこのドレスは、本当に洗練された高級なものなのだと実感した。

「ええ、本当に。私、先ほども申しましたとおり、衣服や宝飾に疎くて。どちらかというと国の情勢などの方に興味があるんです」

「国の情勢？」

「戦後の復興とか。ですから慈善パーティならば行ってみたいわとお願いしたんです。ただ、慈善のパーティ自体にも出席したことがなかったので無作法を」

「エリセさんは文官みたいなのね」

メリザンドは笑ったけれど、フロリナは納得できない顔をしていた。

「それにしても、詩の一つも覚えてらっしゃらない方が文官だなんて、おかしいわ」

フロリナは、私が嫌いなのね。

私が上手く説明をしても、納得しない。

何を言おうとあげ足をとって、私を自分よりも下にしようとしている。

私が無知で非礼なことが許せないいんじゃないんだわ。

「ええ。先日は間違えてしまって、恥ずかしいわ。私、ソロモンテの詩の方が好きなものですから」

「ソロモンテ？　最新の作家だわ」

誰かが声を上げた。

「あの時は新作の詩集を読んでいて、ついそちらに心が」

「ソロモンテの新しい詩集？　何というタイトルですの？」

「『水面に影する鳥』ですの。エドワード・レッセの詩のタイトルと似てますでしょう？　それで混乱してしまって。本当に恥ずかしい」

紙の本は高い。

印刷は主に王都で行われているため、地方に届くのには時間がかかる。

王都で有名になった詩人がいるという噂（うわさ）はすぐに届いても、その詩集を手に入れるのは大変なのだ。

エドワード・レッセは古典なので、ここにもあるのだろう。

だが私が口にしたソロモンテは、今王都で流行し始めたばかりで、持っている人はきっといないに違いない。

私が『水面に映る鳩』を『水面に映る鳥』と間違えたことを話したら、アルベルトがこれと間違えたと言え、とわざわざ似たタイトルのものを探してきてくれたのだ。

そして意地悪なジョシュアからは『古臭い詩よりも新しいものがいいでしょう?』と言え、と助言があったが、それは口にしなかった。

それは間違えた自分を弁護し、優位に立たせるかもしれないが、きっとここにいる大半の女性を敵に回してしまうだろうから。

「新しいものに気を取られて古典を間違えるのは不勉強と言われても仕方ありませんわね」

「いいえ。人それぞれの好みもあるでしょうから、気になさらないで」

メリザンドはやんわりと言った。

彼女は私に敵意はない。けれど興味はあるようだった。

「最新の詩集を手に入れられるなんて、エリセさんは王都からいらしたの?」

「いいえ。私の所領はもっとずっと北です。国境に近いところですわ」

「北?」

「復興のことなどに興味があるということで、ゾーイ侯爵のご名代の方々に同行しているだけですの。ですから詩集もその方達のものですわ」

「本当にその方達はいらしてるのかしら？」

フロリナがまた口を挟む。

「だって、先日もそうおっしゃったけれど、私達お会いできませんでしたもの」

「お父様達はお話ししたと言っていたわ」

メリザンドの言葉に、その存在を疑うと彼女を疑うことになると気づいたのか、フロリナは言葉を選び直した。

「その方達が本物かどうかがわからない、という意味ですわ。ネイドン伯爵に近づこうとする者かもしれませんわよ。本物の侯爵様のご名代がこんな人を連れて歩くとは思えませんもの。メリザンド様もお気を付けなさらないと」

「お二人はちゃんとした方ですわ。確たる証拠もなく人を疑うのは失礼です」

思わず声が強くなってしまう。

私のことはいい。

でも彼等のことを悪く言われるのは許せない。

「同伴者に古着を着せて連れ歩くような方が、侯爵様のお知り合いとは思えませんもの」

「あら、でも今日のドレスは素敵よ」

メリザンドが執り成したことが、余計フロリナにとっては腹立たしかったのだろう。

彼女の言葉は、より刺を含み、アルベルト達を愚弄した。

「ドレスは悪くないかもしれませんわね、でもだからその方達が『まとも』な人とは限りませんわ。そのネックレスだって本物かどうか」

「本物と偽物の見分けがつかないのでしたら、何を言っても無駄ですわね」

アルベルトを悪く言われるのは我慢ができない。

「私にこのネックレスが相応しくない、とおっしゃるならば構いません。それは個人の感想ですもの。けれどご自分でお会いになったわけでもないのに、人を悪し様に言うのは、底の浅い考え方ですわ」

『底の……』は、ジョシュア仕込みの言葉だ。よい言葉ではないけれど、今は使ってもいいだろう。

「他人のことを人前で悪く言うことも、宝石の真贋もわからず疑いを口にすることも、私は『悪いこと』と両親に教えられました。着ている服で人を判断するのも。もしも私が人々の反応を見るためにわざとそういう身なりをしていた王女様だったらどうなさるおつもり？」

「あなたが王女様なんてあり得ないわ。この国には王子しかいらっしゃらないのよ」

「ええ、ですから『もしも』と申し上げましたでしょう？　けれど、王族は隣国にもいらっしゃるのよ？　お忍びだったら、身なりを整えないこともあるでしょうね」

私が堂々と受けて立っているので、俄に周囲の人々は私の言葉に動揺しているようだった。王女は言いすぎでも、私が本当に身分のある人ではないのかと。

フロリナも、僅かに怯んだように見えた。

その様を見て、私は自分が怒っていることを認識した。

他人をやりこめるなんて、今までしたことがなかった。争うこと自体したことがないのだから当然だけれど。

何か辛いことがあっても、それは『何々だからだ』と諦めることが多かった。

お金がないから、両親がいないから、爵位がないから、汚い格好をしているから。

でもそれで諦めていてはいけなかったのだわ。

どんなに惨めな格好をしていても、私は両親を悪く言われたら、怒るべきだ。アルベルト達が正体を明かさない胡散臭さがあっても、彼等は紳士で寛大だった。それを知らない者に悪く言われたら、怒りは感じる。

怒りを、表に出していいのだ。彼等の名誉のために、私は怒るべきなのだ。

そのことに、初めて気が付いた。

「でもお話しして、よくわかりましたわ。あなたは、他人を人前で侮辱できるような方で、敬意を払う必要はないのだ、と」

「何ですって。あなたこそ……」

フロリナが私を睨みつけたまま動きを止める。

その場にいた人全てが、メリザンドでさえ、私を見たまま驚いた顔をしていた。

いいえ、『私』ではない。『私の方』、つまり彼女達は私の背後を見ていた。

「エリセ、そろそろダンスだそうだ。フロアに出よう」

それもそのはず。

私の背後にはアルベルトが立っていたのだから。

着飾っているわけではないけれど、彼の金の髪はどんな装飾よりも彼を輝かせていた。

「お話、終わりましたの？」

彼の差し出す手を優雅にとって立ち上がる。

「ああ。大体は先日話してしまったしね。今晩は、お嬢さん達」

アルベルトが微笑むと、女性達は皆頬を染めた。

「あなたが、ゾーイ侯爵のご名代の方？」

メリザンドが問いかけた。

「ええ。そのうちの一人です。今日は私の連れを楽しませてくださって、ありがとう。ですが、私は彼女と踊りたいので、拝借してもよろしいかな？」

「もちろんですわ」

「では失礼。行こうか、エリセ」

　女性達のため息を後ろにサロンを出ると、フロアにはいつの間にか音楽が流れ、人々が踊り始めていた。

「素敵な男性が迎えに来るのは、どんなドレスや宝石よりも羨望を集めるのね」

「私のことか？」

「ええ。一番攻撃的だった人も、あなたを見て黙ってしまったわ」

「そうだな。たいていの女性は頬を染めてくれる。だがエリセは一度も私に熱っぽい目を向けなかったな。そこが気に入っているのかも」

「だって、あなたを素敵だと思う余裕もなかったのですもの」

「でも今はあるだろう？　私と踊れて幸せ、という顔をしてくれ」

　彼の腕が背に回る。

　グッと抱き寄せられ、ホールドされる。

　家で練習した時に何度も同じことをされたのに、何故か緊張する。

「今から君は世界で一番優雅な姫だ。私のパートナーならば、そうでなくてはならない」

「あなたに恥はかかせないわ」

　彼の青い瞳が私を映して微笑んだ。

「では踊ろう」

滑り出すステップ。

前は、音楽を追うだけで精一杯、覚えたステップどおりに足を運ぶだけで精一杯だった。

けれど今夜は違う。

アルベルトのリードに乗って、花が風に舞うように軽やかに踊ることができる。

「見せつけてやれ。お前がいかに美しいかを」

最初から、彼は私をフロアの中央へ誘った。

踊るにつれ、人々の視線が私達に集まってくるのを感じる。

きっと……、こうして彼と踊れるのはこれが最初で最後ね。

このパーティが終われば、夢のようだった生活は終わり。

彼等は私に新しい仕事を世話してくれるかもしれない。放り出されたとしても、あの屋敷で教えられたことは、自分で新しい仕事を探すのにも役立つだろう。

彼等と出会う前の、絶望的だった未来とは違う。

どうなるかはわからないけれど、生きてゆくことはできるだろう。

一人で。

そう、このパーティが終われば、私は一人になる。

私を抱き寄せる腕を感じることは、二度とないのだ。

楽しんで……、しまおうかしら？

これが最後なら、許されるわよね？

与えられたこの夢のような時間は、また奪われる。けれど今はまだ私の手の中にあるのだもの。

失われる前に、それを堪能するのは悪いことではないわよね？

「笑え。笑った方が美人だ」

私に、何もかもをくれた人が言うから、私は笑った。

彼が私を回らせる。

ドレスの裾がひらひらと翻る。

ターンする度に、きらきらと輝く風景が回る。

シャンデリアと燭台の明かり、着飾った人々の色とりどりの衣装が、まるで万華鏡のよう。

夢だわ。

「首尾はどうだった？　お前を苛めた娘に仕返しできたか？」

「ええ、しましたわ。あなた達が偽者だとか、宝石が偽物だとか、また色々言われたので、私、怒ってしまったの。それで随分ときつい言い方をしてしまいました」

「後悔してる？」

「いいえ。それがしてないんです。酷いことをされたら怒ってもいいんだって思えて。怒らなければ、両親やあなたの名誉を傷つけることになるでしょう?」

アルベルトは面白そうに笑った。

「それに今気づいたのか」

「はい。でも、いつも怒っているわけではありませんわ」

「だが、私を叩いた時も、真面目に勉強する気になったのも、こうやって顔を上げて笑っているのも、みんな怒りがあったからこそだろう?」

……そう言われてみればそうかも。

「怒ってばかりというのはよくないが、お前の言うとおり、適正な時には怒るものだ。その怒りを何に変えるか、が人の資質だろう」

「何に変えるか?」

「悪い変え方は恨みにすることだ。だがお前は怒りを自分を磨くことに使った。いいことだ」

自分の行動が間違いではなかったと褒められて、嬉しかった。

「問題の女性には、この後何をする予定だ?」

「もう何も。私はあなたに敬意は払えないとはっきり言えたので、すっきりしました。これで終わりです」

「本当にそれだけでいいのか？」

「はい」

「後を引かないところもいい。益々魅了されるな。是非お前がすっきりした話を最初から最後まで聞かせてくれ」

「聞かせるほどのものは……」

言いかけた時、音楽が終わり、ダンスも終わる。

「残念だが終わりだ」

腕は私を離し、私達はフロアから外れた。

すぐに次の曲が始まり、わっと人が沸いた。

何事かと振り向くと、ジョシュアがメリザンドと踊っていた。

「私達を悪目立ちさせないためだな」

「え？」

「主催の家の娘よりもお前が目立ってしまっては失礼だと思ったんだろう」

それは考えていなかった。

ああ、だから私とアルベルトが踊ると知って、わざわざ派手な衣装に着替えたのね。あの時からジョシュアはメリザンドと踊るつもりだったのだわ。

「だから、もう一曲踊りたいが、我慢だ。目立つのは一瞬でいいだろう？」

「ええ。目立つ意味がありませんもの」

「ではどこかで……」

何か言いかけたアルベルトの視線がふっと横に逸れる。

視線を逸らされるようなことをしてしまったかしら、と心配したが、私の横に人が立っただけだった。

身なりのよい、若い紳士はアルベルトに向かって軽く会釈した。彼の知り合い？

「失礼。よろしければ次にそちらのお嬢さんと踊らせていただけませんか？」

え？　私？

「美しい上に大変素晴らしい踊り手でいらっしゃる。是非お願いします」

申し込まれたら、受けるべき？　どうするべきかしらと戸惑っているとアルベルトが私を抱き寄せた。

「申し訳ないが、彼女は私のものでね。他の男性とは踊らせられない」

ダンスを断る方便だとしても、ダンスの時と違う力で引き寄せられたことと『私のもの』という言葉にドキリとした。

「……それは失礼」

「エリセ、向こうへ行こう」

腰に手を回されたまま、男性から離れるように人のいない窓際へ向かう。

私達をちらちらと見る者もいたが、ジョシュアとメリザンドのダンスの方が気になるらしく、殆どの人達がフロアを見つめていた。

人目を惹くためだろう。ジョシュアは私達よりも大きく、派手に踊っていた。

「素敵だわ」

彼等の踊りの感想を口にすると、アルベルトは「自分より目立ってると、怒らないのか？」と訊いてきた。

「私より、メリザンド様の方が素敵に踊られますもの。あちらが目立つのは当然では？」

本当にそう思っていたからそう答えたのだけれど、彼は納得していないような顔だった。

「夜風に当たろう」

と言って、窓から庭へ連れ出される。

「真っ暗ですわ」

「明かりが届くところまでしか出ないさ」

言葉どおり、彼は二、三歩出たところで立ち止まり、私から手を離した。

「お前は、本当に変わってるな」

「何です、突然」

「エリセは私が知っている女性達とは違う、と言ってるんだ」

彼はもうずっと、自分のことを『私』と言っていた。きっと彼の本当の生活では、そうしているのだろう。『俺』は、お忍びの時か、悪ぶって使っているのかも。

でもアルベルトには『私』の方が似合っている。

「私は貴族の娘らしくないですか？　一生懸命勉強したのに」

少しがっかりして言うと、彼は笑った。

「違う。お前は十分貴族の娘らしい。どこかの国の王女だと言ってもいいくらい」

「それ、さっき言いましたわ」

「王女だと？」

彼が驚いたので、ちょっと恥ずかしくなった。

「いいえ、王女だったらどうするのか、と言っただけです」

私はさっきのサロンでのことの顚末を手短に説明した。

「身なりで人を判断するな、か。正しい言葉だが、反対のことも言える。初めて出会った時には、身なりしか相手を判断する材料がない。だから人は身なりで判断されることを考え、いつも自分に見合った身なりをしなければならない、ともな」

なるほど。

「そうですわね」

「私が知っている女達は、私の気を引くために媚びを売る」

　それはあなたが素敵だからだわ、とは言わなかった。もうわかっているだろうから。

「私の言葉に異論を唱えることもなく、言いなりになる。私を叩くような者もいなかった。女というものは、いつも自分が手に入れられるものを探して、そのために画策する。着飾ることに終始し、注目を集めようと努力する。他人と比べ、自分が優位に立とうとする」

「そんな方ばかりじゃありませんわ」

「だがお前は違う」

　執り成す私の言葉を無視して、彼は続けた。

「私の機嫌を取ることもなく、何も欲しがらず、他人と自分を比べることもしない。着飾ることにも頓着（とんちゃく）せず、他人が自分より目立とうとも素直に褒める」

「……何だか、私がとてもよい人間のように聞こえますわ」

「いい人間だ」

　彼はきっぱりと言い切った。

「今まで出会ったどの女性よりもよい女性だ。魅了される」

　彼の手が伸びて、私の頬に触れた。

「困ったことに、な」

　それだけで、胸が高鳴った。

薄暗がりの中、彼の青い瞳が広間の明かりを反射して、きらきらと輝いて見える。

私には、眩しすぎるわ。

「ダンスの時に見せた笑顔を、私だけのものにしたいな」

腕はするりと下りて、私の腕を取り、引っ張った。

「あ」

同時に彼も数歩下がったので、屋内からの光から外れてしまった。

暗がりで、引っ張られた勢いのままに飛び込む彼の胸。

「今夜のパートナーにこれぐらいの褒美は許されるだろう」

という囁きと共に、唇が重なる。

一瞬だった。

キスと呼ぶには、あまりに短い時間だった。

でも今のはキスだわ。

「わ……、私は許してません」

赤くなって怒ると、彼は笑った。

「今日は叩かれなくてよかった」

「アルベルト様」

「お前の願いを全て叶えてやったんだ。これぐらいいいだろう？　私が本当の不埒者だっ

たら、もっと濃厚なキスを迫るところだ」

「の……濃厚……？」

「まずいことに、私はそれがしたくてたまらないからな」

本当にされるかもしれない、と慌てて彼から離れる。

アルベルトは、私を捕まえることはなかった。

素直に逃がしてくれて、自分は暗がりの中に残った。

「さて、困ったな。エリセは私を叩かなかった。私はもう一度エリセにキスがしたい」

困ったようには聞こえない声。表情は見えなかったが、どうせ面白がっているに決まっているわ。

彼にとっては今のような軽いキスなど、遊びでしかないのだもの。私が慌てているのを面白がっているのよ。

私にとっては初めてのキスだったのに。

そう、初めてのキスだった。突然、愛の告白もなくされた、からかいの行為。

なのに……、嫌だと思わなかった。

顔を赤くしているのは、怒りではなく、恥じらいからだ。

「こ……、今度許可なくこのようなことをしたら、恩人であっても遠慮はしません。また叩きますからね」

「許可を取ればいいのか？」

「そういう問題じゃありません」

暗闇から、クックッと笑う声が聞こえ、アルベルトはまた光の中に戻ってきた。

やはり笑っている。

「新鮮な反応だ。益々気に入ってしまう。だが気に入っただけでは、迂闊に手は出せないな」

「当たり前です」

「『俺』ならば、好きにできるのだが……」

あ。言い方が。

「何をしている？」

彼が何か言いかけた時、突然声が降って、ジョシュアが現れた。

「こんな暗がりで男女二人きりでは、悪い噂になるぞ」

声は軽かったが、その顔は真剣だった。

「別に噂になったって困ることはないさ」

「アルベルト。相手は嫁入り前の娘だぞ、一応」

……一応。

「エリセは今日のパーティに出席しているような者と結婚なんかしないさ。出席したことで、満足したようだしな」

「それはよかった」

ジョシュアも外へ出て、アルベルトの隣に立った。まるで私とアルベルトを隔てるように。

「私に感謝して、できることは何でもしたい、と言ってくれた」

そんなこと、言っていないわ。……してもかまわないけれど。

「メイドとして雇うつもりか？」

「いいや。北の館へ連れていく」

「はあ？　あそこは……」

素っ頓狂な声を上げ何か言おうとしたジョシュアの視線がこちらに向き、言葉が止まる。

「急いで行かなければならないんだろう？　明日には発とう」

「アルベルト」

「エリサのおねだりのせいで、予定は大幅に遅れている。成果を上げたとしても、早く所在を明らかにしないとな」

「それはそうだが……」

「そういうわけだ、エリセ。今度は俺達に付き合ってもらおう」

気のせいか、さっきまで貴公子だったアルベルトの顔は、意地悪そうに見えた。

まるで、イタズラっ子が何かを仕掛けようとしているみたいな。

「そうと決まれば、こんな退屈な場所からは退散だ」

いいえ、きっと気のせいではないのだわ。

だって、上機嫌のアルベルトとは裏腹に、ジョシュアは困った顔をしていたから。


屋敷へ戻ると、私はすぐに解放された。

明日はもう出発だから、早く休め、と。

出かける準備もしていないのに、と言うと、支度は使用人がする。第一お前に持っていく荷物がそんなにあるのか、と言われてしまった。

『私』の荷物は、最初に着ていた服と、僅かな身の回りの品、お母様の指輪だけ。

ここにいる間に使わせてもらったものは、皆借り物なのだと思い出した。

そうでした、と答えると、何故かアルベルトは嬉しそうな顔をした。

「持っていきたいものがあるのか?」

「いいえ。でも明日発つなら、どうかターナにだけは別れの挨拶をさせてください。とて彼が今まで私にしてくれたことを思うと、突然どこかへ連れていかれるくらい何でもない。

「ではもう何も申しません」

「もちろん、朝食の後にその時間は作ろう」

もお世話になったので」


むしろ、彼とまだ離れなくてもよいのだ、という喜びさえあった。

顔に出してはいけないことだけれど。

過ぎたことを望んではいけない。

去りぎわに向けられたジョシュアの目も、そう語っていた。

そうして迎えた翌朝、昨日の様子から身一つで連れ出されると思っていたけれど、玄関先には私の荷物だという衣装箱が置かれていた。

その荷物を積み込む間をターナとの別れの時間にくれた。

私はターナに感謝を述べ、この先どこかで働きに出たとしても、ここでしていただいたことは一生忘れませんと伝え、彼女はあなたなら大丈夫でしょう、と言ってくれた。

隠した涙ともの寂しさを残して屋敷を去り、私は北へ向かった。

馬車に乗ったのは私一人。

二人は馬に乗って、馬車に併走した。

話す相手のいない長い馬車旅。

窓の外を眺めながら、酷く不思議な気分だった。

ほんの少し前、同じような道を、惨めな気持ちで歩いていた。

隊商の一員として旅をしている時も、この先どうなるのかと不安で押し潰されそうだった。

今も、この先どうなるのかはわからないけれど、あの時ほどの惨めさはない。

あの屋敷で様々なことを学んだせいかもしれない。覚えた知識で、ちゃんとした働き口を見つけることができるかもしれないという可能性ができたからかも。

アルベルトは私を悪い形で放り出したりはしないだろうという安心感も、もう持っていた。

でも、それだけではないことに、私は気づいていた。

自分の心の中に、新しい礎がある。

アルベルトのために、恥じない生き方をしたい。

私を拾い上げ、ここまでしてくれた彼の名誉を汚さない人間でいたい。

彼のために生きたい、という気持ち。

ずっと一緒にはいられないだろう。

別れは遠からずやってくるだろう。

でも私に尊厳と感情を取り戻させてくれたアルベルトのことを、忘れることはない。

ふっと、指先が唇に伸びる。

昨夜、彼が重ねた唇。

一瞬のことだったけれど、キスをした。

思い出すと、胸が締め付けられる。

彼を好きになってはいけない。

分をこえてはいけない。

でも、生まれてしまった彼を想う気持ちを消すこともできない。

だから、この気持ちは強く生きていこうという礎にするしかない。

アルベルトが私を好きにならなくても、私がアルベルトを想うだけなら許されるだろう。

離れても彼を思い出して、正しく生きていこうと思うようになれた。アルベルトに向けるのは、その気持ちを与えてくれた感謝なのだ。

……と、自分に言い聞かせよう。

連れていかれる先で何をされるのかはわからないけれど、恩人に対する感謝の気持ちで、何でもしよう。

自分が心を傾けた相手に気に入られたいとか、尽くしたいとか、そんなものではない。

これは『感謝』なのよ。

私はもう一度自分に言い聞かせた。

キスの思い出をもらっただけで、十分だわ、と。

そう言い聞かせなければならないだけで、もう遅いのかもしれないけれど……。

旅は長く、途中宿屋で食事のための休息をとった。

彼等は私を対等に扱い、食事は同じテーブルで摂ることを許された。

ただその昼食の最中、ジョシュアはずっと不機嫌で、アルベルトが機嫌を取っているように見えた。

彼等の上下関係は、相変わらずわからないわ。

アルベルトが好き勝手をして、ジョシュアが諫めているようにも見えるし。ジョシュアの決めたことにアルベルトが従っているようにも見える。

ジョシュアが、「俺の命令を聞け」と言えば、アルベルトは「俺のワガママを聞くなら」と言い返したりしていた。

でも、とても仲がいいのはわかる。上下関係など、ないのかもしれない。

彼等はこれから向かう先のことについて話をしていたけれど、私に詳しく知られたくないのか、聞いていても内容はあまりわからなかった。

食事が終わるとすぐに出発し、また馬車で一人で過ごす。

窓から外を眺めると、真横にアルベルトがいた。

びっくりして身を引くと、彼はわざと近くに寄ってきた。

「退屈か？」

「徒歩の旅よりずっと楽ですもの、退屈だなんて贅沢は言いません。それに、初めて通る景色を見られて楽しいですわ」

「大してよくない馬車に押し込められての長旅では、ご婦人方から退屈と乗り心地が悪いという愚痴が出るものだがな」

彼が私に向かって微笑むので、どういう顔をしたらいいのか困ってしまう。

「エリセは馬車に乗れただけでも大満足だろう」

ジョシュアが言いながらアルベルトと馬車の間に自分の馬を入れようとして、アルベルトに阻まれた。

「この狭いところに入ってくるな」

「馬車に寄りすぎだ。危ないだろう」

「危ないと思うなら入るなよ」

「注意喚起だ」

まるで子供のケンカだ。

ジョシュアは、アルベルトと私が近づくことに反対なのだろう。

でも今はそれがありがたい。必要以上に近づくのは危険だもの。

「ジョシュア様のおっしゃるとおり、馬車に乗れただけで大満足ですわ。お心遣い、ありがとうございます」

私が口にしていいのは感謝の言葉。

それならば、好意を隠せなかったとしても、恋ではなく、感謝で終わるもの。

恋……。

「できましたら、私にもう少し風景を眺めさせていただけると嬉しいですわ。馬とアルベルト様の横顔だけでなく」

とっさに思い浮かんだ『恋』という言葉に自分で慌てる。

それは考えてはいけない言葉よ。

「ほらみろ。エリセはお前より風景だそうだ。もう二度と馬車の旅などできないのだろうから、楽しませてやれ」

少しだけ。

少しだけ希望を持っていた。

欲が出て、願いを抱いた。

彼の側で働けないかしら？

アルベルトの家で、とはいかなくても、時々彼の姿を見ることができるところに仕事を世話してもらえないかしら？

彼の優しさに甘えて、そんな考えが浮かんでしまった。

何かを望んで、叶わなければ失望と落胆しか得られないのだとわかっていたのに。

ほんの少しだけ、ささやかに望んでしまった。

まだ、彼の側にいられないかしら、と。

けれどそんな望みはささやかどころか大それたものだということを、すぐに思い知った。

夜遅くに馬車が到着した館は、今朝までいた屋敷より立派な館だった。

暗闇に聳(そび)える、左右に小さな塔を持つ小さなお城のような建物。

門をくぐってから建物に到着するまでに大きな馬車回しがあり、建物の前にはおそらく到着した馬車を並べるためであろう広いスペースがある。

それだけここには来客が訪れるということで、その交流の多さを示している。

人々が多く出入りする家ともなれば、それだけ力がある家ということになる。

馬車が玄関に到着すると、すぐに使用人が迎えに出た。

「疲れただろう」

馬車の扉を開けたアルベルトが声をかけてくれた。

「腹が減ってるんじゃないか？」

彼の顔はいつものにこやかな表情だった。

これだけの建物に到着しておきながら、緊張の欠片もない。つまり、この程度の館には慣れている、ということなのだわ。

ここが、彼の家なのかも。

「大丈夫です」

「そうでもない顔をしているぞ。さあ、降りろ」

手を貸してもらって馬車を降りる。

ジョシュアも、臆する様子はなく私達を待っていた。

「手は取るな。面倒だ」

とアルベルトに命じ、先に立って屋敷の中に入る。

館の中に入ると、執事らしい男性が恭しく頭を下げ、私達を迎えた。

「これは殿下、ようやくのご到着で」

と言ってから私を見て、片眉を上げた。

「いい、彼女には『私が王子である』と告げてある」

「さようでございますか。お嬢様の来訪は伺っておりませんでしたが、お部屋はどのように」

執事は、ジョシュアが『私が王子』と名乗っても、慌てる様子を見せなかった。

ということは……、ジョシュアは本当に王子様なの？　そしてアルベルトは公爵の息子？

「コマドリの間を支度しろ。まずは食事を頼む。話があるので、給仕はいらない。簡単なものでいいから、私の部屋に運ばせろ」

「お部屋はいつもの？」

「いつものように、私がクジャクの間だ。アルベルトはその隣に」

「かしこまりました。それではすぐに。お疲れでしょうから、まずはそちらで足湯をどうぞ。その間に全ての支度を」

「ああ」

召し使い達は無言で、執事の目配せ一つで動いた。

いつも訓練されている者達の動きだ。

年配のメイドが私の手を取り、彼等と共に玄関横の小部屋に案内する。

小部屋であっても、装飾は華麗で、置かれていた椅子も立派なものだった。

その一つに腰掛けさせられると、彼女はジョシュアに向かって「ご婦人もご一緒でよろしゅうございましょうか?」と確認した。

「かまわない、気を遣うほどの娘ではない」

「ジョシュア」

アルベルトがとがめるように名を呼んだが、ジョシュアは聞き入れなかった。

「丁重な扱いは必要としないだろう?」

とだけ言って。

「お嬢様、失礼ですがお履物を」

「あ、はい」

私は混乱していた。

ジョシュアの言っていたことは本当だった。

私の来訪を知らなかった召し使い達が、お芝居をしていたとは思えないもの。

ということは、王子と行動を共にして、対等に話ができるアルベルトが、公爵の子息であるというのも、本当だろう。

ただの貴族ではない。私など手の届かない高位貴族。

そのお屋敷で働くなんて、紹介状も持たない私には無理だろう。もし、厚意で仕事を紹介してもらっても、口をきくことも、姿を見ることもできないだろう。

馬車の中で、一瞬抱いた願いは早くも潰(つい)えてしまった。

靴を脱ぎ、足湯をいただいて疲れは取れたが、心は重くなった。

「お食事の支度が整いました」

執事が呼びに来て、今度はジョシュアの部屋に移動する。

個人の私室とは思えない豪華な部屋。ベッドがないところを見ると、寝室は別なのだろう。テーブルの上に用意された『簡単な食事』も、品数は少ないが、手の込んだものだった。

「取り敢えず、食べよう。私も腹が減った」

ジョシュアが言って、一番先に手をつける。

でも、私は空腹を感じなかった。

馬車の中では感じていたのに。驚きがそれを奪ってしまった。

どんな時でも、食べなければ、という気持ちだけで口を動かした。

とても美味しいだろうに、何の味もしなかった。

「お腹が空いてないのか？」

食の進まない私を、アルベルトは気に掛けてくれた。

「……疲れすぎてしまって」

「やはり女性に丸一日の馬車旅はきつかったな。今夜ぐっすり眠れば、明日には腹も減るだろう」

彼はそう言ったけれど、ジョシュアにはわかっていたのだろう。

冷たい視線が向けられるだけだった。

言っただろう、お前と俺達とは住む世界が違うんだ。その目はそう言っているようだった。

ようやく食事が終わると、食器をそのままにアルベルトが話し始めた。

「今回お前を連れてきたのは、ある女性に会ってもらうためだ」

女性、と聞いて少し動揺する。

もしかして、彼の恋人？

そういえば、私は彼に恋人がいるのか、結婚しているのかすら知らないのだわ。

「どなたでしょうか？」

「エンデア・コート公爵夫人だ」

「コート公爵？」

私が驚くと、二人は『おや』という顔をした。

「知っているのか？」

「もちろんお会いしたことはありませんが、お名前だけは父から」

「そうか、お前の家はこちらの方だったな。ではコート公爵夫人が王妹であることも知ってるな？」

「はい」

ということは、ジョシュアの叔母様？

「我々は、そのエンデア様について調べたいことがあるのだ」

王妹を調べる？

不思議に思ったことが顔に出ていたのだろう、アルベルトは続けた。

「これは非常にデリケートな問題でな」

彼が語ったのは、こういうことだった。

エンデア様の夫であるコート公爵は、先の戦争で亡くなられた。

陛下の名代として、領地が戦地に一番近く、一番身分の高い方として選ばれたのがコート公爵だった。だが、エンデア様はその指名に反対した。

そんな危険な場所へ夫を出したくない、と。

けれど当時は隣国の侵攻が始まったばかりで、王自らが戦場に立つことは全面戦争を明言することになる。かと言って王族が参戦しなければ諸侯に示しがつかない。

なので、王妹の夫であり、公爵であるコート公爵は打ってつけだった。

だが、コート公爵は戦死。

それが元で戦争は拡大したのだけれど、それはまた別の話だ。

反対していたのに夫を戦地に出され、亡くされたコート公爵夫人は、喪に服すという名の下に王城との交渉を断ってしまった。

陛下は心配していたが、自分が成してしまったことを考えると無理に連絡を取ることはできなかった。

それでも、何度も使者は送ったし、終戦後に公爵の死を悼んで贈り物もした。放っておいたわけではない。

「だがエンデア様はそれらを悉く送り返してきた」

「よほど怒ってらっしゃるのね」

「だろうな。普通、貴族の結婚は政略で行われる。だが幸いなことに、エンデア様とコート公爵は恋愛関係にあった。今となってはそれが問題なのだが。気持ちが通じ合っていただけに、悲しみも大きいというわけだ」

「……お可哀想だわ」

愛する人を戦場で亡くす。

それはどんなに悲しいことだろう。

お父様も亡くなられたけれど、私はお父様の最期に立ち会うことができた。けれど戦死ではそれもかなわなかった。

「十分ご同情申し上げる立場ではあるな」

彼は小さく咳払いをした。

「では、エンデア様の調査というのは、今どのようにしてらっしゃるか、様子を窺いに行くということですね？」

「それが違うんだ」

「違う？」

彼は難しい顔でため息をついた。

「エンデア様が、傭兵を集めている、という噂がある」

「傭兵……？　兵士ですか？　何故？」

「わからない。だから調べに行くんだ。本当に傭兵を集めているのか、もし集めているならどうしてなのか、何が目的なのか」

「エンデア様が謀反を起こす、という噂もある」

ここまでずっと黙っていたジョシュアが、ここで口を開いた。

視線を落としたまま、重く、静かな声。

「王に不満を抱いて、兵を挙げるつもりだとか、隣国と内通しているとか。もしそれが真実ならば……、逮捕しなければならないだろうな」

「逮捕？　陛下の妹君なのに？」

あなたの叔母様でしょう？

「陛下の妹君だから、だ。王の一族から騒乱を起こすような人物を出すわけにはいかない。よくて謹慎、監視。悪ければ収監の上幽閉だな」

言ってから、ジョシュアもため息をついた。

二人は、そうであって欲しくない、と願っているのだろう。

ジョシュアは立ち上がり、サイドボードに用意されていたワインのデキャンターとグラスを二つ持って戻った。

グラスの一つをアルベルトに渡し、注いでやる。自分も椅子に戻ってからなみなみと注いで口をつけた。

「我々も、エンデア様にお会いしたいと申し入れをしていたのだが、歓迎されなかった。理由を尋ねられ、様子窺いなら断ると言われてしまった」

「甥御さんなのに？」

「憎い兄の息子、と見ているのだろうな。だがこのまま放置しておくことはできない。そこでアルベルトが言い出したんだ」

私はアルベルトに視線を向けた。

「お前に、エンデア様のところに行ってもらいたい。そこで、お前に彼女の様子を見てきて欲しいのだ」

「私が？」

驚きに、はしたなくも大きな声を上げてしまう。

「お前は私達と繋がりがない。だから、警戒されないだろう」

「それはそうかもしれないですが、公爵夫人が私などにお会いくださるとは思えませんわ。紹介者もいないのに」

「紹介者がいれば、却って警戒されるだろう。なので、偶然を装う」

「偶然？」

「馬車で近くを通りかかった時、偶然馬車が事故にあうのだ。車輪が外れたぐらいではすぐに修理されてしまうだろうから、車軸が折れたぐらいの事故だな」

「無理です」

私は抵抗した。

彼のためになることは何でもしてあげたいが、これは私の手に余る。

「私も、そう思う。だがアルベルトはいけるだろうと言うんだ」

ジョシュアはまだ不満顔だった。

「お前は父親を戦争で亡くしている。境遇が似てるから」

「でも身分が違います。それに、私の父は戦死ではありません」

「そのとおりだ。私は反対したのだが、アルベルトは自信があると言うんだ」

「お前ならできる。準備はこちらでする。エリセは何も考えず、ただエンデア様に会えばいい。そして見たままを報告してくれればいい。それならできるだろう？」

「……それなら。でも、望まれるような報告はできないかもしれません」

「それならば、また別の方法を考えるさ」

失敗しても他の方法があるのなら、やってもいいかもしれない。

それに、これを引き受ければ、その間ここに滞在できる。

「……わかりました。成果を期待なさらないなら、おっしゃるとおりにします」

私が答えると、アルベルトはにっこりと笑った。

「そう言うと思った」

けれどジョシュアは落胆した様子だった。私に断って欲しいと思っていたのね。

「では今夜はもう休んでいい。明日はメイドが起こしに行くまでゆっくりしてろ」

「あの、どちらで休めば……」

「今呼ぶ」

アルベルトの言葉にジョシュアが立ち上がり、ドアの横の紐を引いた。

ほどなく先ほどの執事がやってきた。

「ご用で？」

「セルウェイ男爵令嬢、エリセ殿を部屋へ。食事を片付けて我々には酒を」

「かしこまりました。お嬢様、どうぞ」

「あ、はい」

執事に呼ばれて立ち上がり、二人に「失礼いたします」と会釈をして退室した。

執事の人は何も言わず、廊下の途中でメイドを呼び止めると、私を彼女に引き渡した。

「マーサ、お嬢様をコマドリの間に。お休みになるまでお世話するように」

「かしこまりました」

引き継いだメイドも、にこりともせず、私を部屋に案内してくれた。

通されたコマドリの間は、前の屋敷の部屋より素敵だった。

前の部屋は広かったが装飾は少なく、ベッドとドレッサー。椅子とテーブルが置かれていただけだったが、今度の部屋はあそこより小ぶりだけれど、もっと凝った造りだった。

何より特別なのは、壁の一部が窪(くぼ)んで、クッションが山のように置かれたソファだ。

ベッドにも使えそうなその窪みの横には、自立型の鳥籠(とりかご)があった。中には金の小鳥の置物が置かれていて、これがコマドリの間の理由なのかも。

調度品にも、皆小鳥の意匠が施されている。

「素敵だわ」

思わず呟くと、「お気に召してようございました」とメイドが返した。

「本日はもうお休みになられますか?」

「あ、はい」

「お湯はどうなさいます?」

馬車の中でじっとしていたから身体が固まっていたので、お風呂には入りたかった。

「お願いできますか？」

「もちろんでございます。こちらへどうぞ。お湯は張ってございます」

メイドが示したのは、部屋の奥にある扉だった。

「部屋にお風呂がついているの？」

「はい」

彼女が扉を開けると、そこにはタイル張りの床に、湯気の上がるバスタブが置かれていた。

「湯浴みのお手伝いは？　お荷物はお運びいたしましたが、御召し替えのお手伝いもいたしましょうか？」

「いいえ、一人で大丈夫です」

「さようですか。では私はこれで。ご用がありましたら、いつでもドアの横の紐を引いてください。お湯がぬるいようでしたら、さし湯をお持ちいたしますので」

「ありがとうございます」

貴族の子女であれば、湯浴みや着替えにメイドの手を借りないのは異質だというのはわかっていたけれど、今日は疲れて、一人になりたかった。

メイドが出ていくと、私は窪みに造られたソファのクッションの中に座り込んだ。

ソファはすっぽりと私を包み、居心地がいい。

「王子様と公爵様……」

一番の驚きである事実を口に出す。

私は、王子様達に拾われたのね。だから彼等はあんなに気前がよかったのだわ。家のことを語らなかったのも、身分を隠していたから。侯爵の名代と言っていたけれど、あれは勝手に名前を使っていただけかも。

彼等の立場なら、それも許されるのだろうから。

「遠いわ……」

私はポソリと呟いた。

わかっていたけれど、本当に遠い。

彼等に手が届くどころか、本来なら言葉すら交わすこともできなかっただろう。

やっぱり、私が受け取るものは必ず奪われてしまう。ほんの少しも残すことなく。

王子様のお友達の公爵様だというなら、アルベルトは将来宰相か大臣になる人だろう。きっと王都に住居があるのね。王城のお部屋を賜っているかも。

彼が城から離れていられるのは、お忍びの旅行の間だけだろう。仕事が終わったら、王都へ戻り、勝手に出歩くことなどできまい。

彼の屋敷も王都にあり、私のような者がお側で働くことなんてとても無理。アルベルトが許しても、お家(うち)の方が許しはしない。

……悲しい。

心が空っぽのままだったらよかったのに。

彼で心が満ち始めていたから、その悲しみは痛いほどだった。

望んではだめ、欲してはだめ。

与えられたものもあったじゃない。まだ終わっていないじゃない。

そう言い聞かせても、もう終わりは見えていた。

「お風呂……、冷めないうちに入らないと……」

溢(あふ)れてくる涙を洗うために、私は服を脱いだ。

悲しみも一緒に洗い流せるようにと願いながら。


でも、私の願いは叶わない。

風呂を使い、柔らかなベッドで眠っても、目覚めた時悲しみはまだ心の中にあった。

「おはようございます、お嬢様」

前の屋敷から持ってきたドレスに着替え、髪を梳(と)かしている時に、昨夜のメイドが起こしにやってきた時も、まだ心が重いままだった。

けれど、私は笑うことができる。

「おはようございます」

自分の立場もわかっていた。

私は、この屋敷の主が連れてきた、得体の知れない娘。

客人として扱うべきかどうかを悩む相手。

「お着替えはお済みですか？」

「ええ。私はお役目をいただいてついてきているだけですから、どうぞお気になさらず」

だから、彼女に『私』が『何者』であるかを教える。

「お役目が終わったら、出ていくことになるでしょう。それまでの間、お世話をかけます」

「お嬢様がお役目ですか？」

「エリセさん、で結構よ。前のお屋敷でもそう呼ばれていましたから」

「それは殿下方に伺ってからにいたします。朝食の支度ができておりますので、食堂へご案内いたします」

「はい」

私はブラシを置き、鏡の中を覗(のぞ)いた。

短くした髪はようやく肩まで伸びていたので、付け髪は付けずにおいた。

お直しして着ていた若草色のドレスを着て食堂へ向かうと、先に来ていた二人の声が聞こえた。

「確認を取るだけだ。強要じゃない」

「お前が言えば強要になるだろ」

「だからジョシュアに言って欲しいんだ」

「馬車の手配は？」

「そっちの手配は俺がしよう」

入っていいものかどうか迷っていると、メイドが声をかけてくれた。

「お嬢様がおいでです」

会話はやみ、入ってゆく私に二人の視線が向く。

相変わらず、アルベルトは上機嫌、ジョシュアは不機嫌だ。

「おはようございます」

けれど声をかけると、二人は揃って応えてくれた。

「おはよう」

「おはよう」

ジョシュアも、だ。

不機嫌は私にではないのか、礼儀として無視はしないということか。

「ゆっくり眠れたか?」

「はい、お陰様で」

着席すると、すぐに配膳(はいぜん)が始まった。

「私、今日は何をすればよろしいのでしょうか?」

「何も」

尋ねると、アルベルトが応えてくれた。

「何も?」

「色々と準備があるからな。今日のところは何もない。後で私がエンデア様についてもう少し詳しく説明しよう。聞き出して欲しいこと、見てきて欲しいもの、も」

「設定も考えないとな」

ジョシュアが後を引き取るが、アルベルトがそれを否定した。

「設定はいい。ありのままでないと、バレた時に信用を失う」

「ありのまま、か。まあ確かに、後のことを考えるとその方がいいか。だが、全てのカードが揃うまで、勝手な行動はするなよ」

反対はされたが、納得したのかジョシュアは受け入れた。

「わかってる。そう何度も言うな」

「何度でも言う。『待て』だ」

「はい、はい」

王子様の命令だというのに、適当な返事。やっぱり友達だからかしら。

「返事は一つ」

どうやら、不機嫌の原因はアルベルトのようだ。

「自分の立場はわきまえてる。お前の言葉に従うさ」

「いいだろう。それを信じよう。エリセ」

「はい」

突然名前を呼ばれ、背が伸びる。

「お前も自分の立場を考えて行動しろ」

「はい」

それは、あまり自分達に近づくな、ということかしら？

だとしたらきちんとできるわ。私は手の届かないものに憧れはしないもの。

忠告はそれだけだった。

後はまた彼等だけの会話になり、私はほったらかし。

使用人達も私に声をかけるようなことはなかったので、結局口を開くことなく、食事を進めるしかなかった。

でも、この方がいい。

彼等の会話に、熱心に耳を傾けるふりをしてアルベルトの姿を見つめることができるから。

憧れはしない。

でも、心に刻むぐらいはいいだろう。

彼を失った後に、思い出して僅かな幸福の時間を持つためにも。

食事を終えると、私は部屋で待っているように言われたので、真っすぐ自室に戻った。

とはいえ、部屋にいてもすることはない。

何か用があれば、と言われたので、メイドを呼んで、何か本を持ってきてもらえるかと訊くと、すぐに数冊の本が届けられた。

歴史書と、寓話と、旅行記。

私はその中で旅行記を手にすると、あの窪みのクッションの中に座った。

本を読んでいる間は余計なことを考えなくていい。

これからどうなるかとか、胸の中の想いをどうするかとか。考えても悲しいことは考えたくなかった。

今考えなくても、すぐに考えなければならない時はくるのだし、ごまかせる時はごまかしてしまいたい。

旅行記は、それにはぴったりの読み物だった。

遠い砂漠に向かった人々の話で、水が無いということがどんなに辛いか、反面オアシスと呼ばれる水のある場所では豊かな暮らしが待っているとか。

想像もできないような奇妙な生物や食べ物。

面白くて、心が軽くなった。

夢中で読み耽ってしまったせいで、ノックの音にも気づかなかったのだろう。

「いないのかと思ったぞ」

アルベルトが、窪みを覗き込んで声をかけてくるまで、気づかなかった。

「アルベルト様」

慌てて立ち上がろうとしたが、ふかふかのソファに腰を取られてもたついてしまった。

「そのままでいい」

その私の隣に、アルベルトが座る。

彼の体重でソファはより沈み、私は彼の方へ傾いた。

「あ、すみません」

離れようとしても、手に本を持っていたし、上手くいかない。

もたもたしていると、彼が私の手から本を取り上げ、肩を支えてくれた。

「ここは座面が柔らかいからな、座りにくいだろう」

近い。

「いえ、何だか落ち着いて……」

すぐに立ち上がって、テーブル席の方に移らなければと思うのに、身体が動かない。

「素敵な場所ですわ。でもあちらの椅子の方がしっかりしてますわね」

言葉で促したが、彼は動かなかった。

「だが子供用だからな。私もここに座るのは久々だが、小さい頃は気に入ってたな」

「子供用？」

「この部屋は子供部屋だ」

「まあ、そうでしたの」

だから調度品にまで小鳥が付いていたのね。

「もっと広い部屋がよければそちらを用意させよう」

「いいえ。とても素敵だと思ってました」

「気に入ったのならいいが」

「あの……。アルベルト様、向こうの椅子に……」

「何故だ？　ここが気に入ってるんだろう？　だったらここでいい」

「でも近いです」

今度ははっきりと言った。

「近いと嫌か？」

なのに笑顔で聞き返されてしまう。

嫌だなんて言えない。

でも嬉しいとも言えない。

「こ……ここは柔らかくて、不安定でしょう？」

「だったらこうすればいい」

彼は私の肩に手を回し、抱き寄せた。

確かに彼に支えられる格好になって身体は安定したが、より近くなってしまう。

「からかわないでください。私は子供ではないのですから。殿方が女性に接近しすぎるのはよくないことだと思います」

忠告の言葉に、彼は笑った。

「気にする必要はない。誰も見ていない。うるさいジョシュアも出かけたしな」

「出かけたのですか？」

「ああ、暫く戻らない。彼がいた方がよかったか？」

また返事に困ることを。

「そういう問題ではありません。私をエンデア様のところに送り込む算段をするのではなかったのですか？」

「そうする。ジョシュアが出かけたのは別件だ。私にはやらなければならないことが色々あるからな」

「もうずっと『私』なのですね」

「うん？」

「前の屋敷では『俺』とも言ってましたわ」

「ああ。『俺』は自由な時に使う。『私』は、立場に縛られている時だな」

納得したという顔で頷いてから、彼は言った。

やはりそうだったのか、という思いと、では『私』の彼とはもっと距離を置かなくてはと思う。

「公爵様のご子息、という立場ですか？」

ということだもの。

「まあそうだ」

「お立場を自覚しているなら、私のような娘とあまり近づきすぎない方がよろしいと思います。使用人に見られたら、いらぬ誤解を受けてしまいますわ」

軽く彼の身体を押し戻し、離れようとしたのに。

……動かない。

「使用人は呼ぶまで来ないさ。それに、私は別に見られてもかまわない」

「でも誤解を……」

もう一度、今度は力を入れてグッと押し返す。

するとそれに逆らうように、アルベルトは私を抱き寄せた。

「誤解？　私は自分がしたいことをしているだけだ。見られても、見たままなのだから問題はない」

身体が、すっぽりと彼の腕の中に入ってしまう。

「したいことって……。私をからかうことですか？　子供扱いすることですか？」

三度目の正直で彼の胸を押すと、その手を取られ、指先にキスをされた。

「エリセを愛しいと思うこと、だ」

「……は？」

突然、何を言い出すの？

「ここは『まあ嬉しい』だろう」

にこにこと笑っているのが憎らしい。

私があなたに心を惹かれないために、どれだけ努力しているかも知らないで。

「アルベルト様がそんなに女たらしの遊び人とは知りませんでしたわ」

「女たらし？」

「心にもない女性にスラスラと愛しいと言えるような殿方のことです」

ふいっ、と顔を背けると、手が頬をとって向き直させる。

「心外だな。女性に『愛しい』と言うのは初めてだぞ」

青い瞳は、その言葉が真実であるかのように澄み切っている。

でも信じられないわ。

「嘘ばっかり。公爵様でその容姿なのですもの、女性が放っておくはずはありませんわ」

その数多(あまた)の女性達の中から、何も持っていない私に心を留めるなんてあり得ない。

「女性は放っておいてくれないが、私は相手にしなかった。皆似たような女性ばかりで、興味がなかったからな。パーティの夜に言っただろう？　私の周囲には魅力的な女性がいなかった、と」

「そんなこと言ってませんわ」

「媚びを売り、欲深く、他人と競うことが好きで、着飾ることにかまけている女性は魅力的ではないだろう？　だがお前は違う、とも言ったな？」

「それは……、言いました」

覚えているから認めるしかない。

「だから、エリセを好きになった。ダンスで心からの笑顔を見せてもらった時に魅了されてしまった」

それも覚えている。

けれど……。

「私など、公爵様のお相手には不釣り合いです」

「そうだな」

そう返され、心のどこかで『そんなことはない』と言ってもらうことを期待していた自分に気づいた。

「エリセは『私』の相手には不釣り合いだ。だが、『俺』はエリセが愛しいと思う。立場を考えなければ、愛しているとはっきり言ってもいい」

愛している……？

今この人はそう言った？

「お前が私を好きになって、愛してくれればいいとも思っている」

彼はつかんでいた私の指先に、またキスをした。

「どうだ？　私のことを愛しているか？」

どうしてそんな酷い質問をするの？

「そんな……、突然言われても……」

答えられるわけがない。

答えても先の無い恋でしかないのに。

「では好きか？」

「それは……、好きですわ。とてもよくしていただきましたし、感謝しています」

ごまかしの言葉を口にする。

「感謝だけ？」

アルベルトはその先を望むように問いかけた。

追い詰められ、ついに本音が零れ出る。

「他に何がある、と？　私はあなたには不釣り合いで、すぐに離れていく人間なのに。あなたの言葉が真実だったとしても、私の答えは『感謝』以外にはないわ」

わかっているのでしょう。

私はあなたの『相手』にはなれない。かと言って慰み者にはなりたくない。

だから、私の気持ちは訊かないで。

アルベルトは私をじっと見つめていたが、何も言わなかった。

公爵家の息子が、家も爵位もない娘を選べないとわかっているから。

「そうか。やはり楽しい一時ではいけないな。私が悪かった。手に入れても奪われることを悲しんできたお前に、『一時』は許されないんだ」

「何を……言ってるの？」

「今だけでは満足できないから、『ちゃんとして』、と思ってるんだろう？　そうでなければ『感謝』しか渡せない、と」

「な……」

「でなければ、ただ『好きじゃない』と言えばいい。不釣り合いなどという言葉を使う必要はない」

指摘され、私もそれに気づいた。

隠そうと思っていたのに、彼が意地悪くも何度も尋ねるから、簡単に愛を語るから、つい本音が出てしまった。

私は、彼と『ちゃんと』したいのだ。

女性としての矜持であろうとなかろうと、捨てられたくない。つまりは、彼が欲しいと思っているのだ。

「そんな顔をするな。キスに頬を染めた時、お前が私を好きなのだろうとは察した。だから好きだと言う決心がついた。だがお前に私の全てをやることはできない」

わかってる。

わかっているから、もう言わないで。手の届かない悲しみが募るだけだから。

「……そんなことは……、わかっています」

「うん。エリセは『ものわかり』がいい。簡単に諦めてしまえるからな。だが、簡単に諦めてしまえるお前が、一時では『いやだ』と思ってくれるくらい私を望んでいるのがわかって嬉しい」

彼の言葉に顔が熱くなった。

「そんなこと、思ってません」

私の本心を読まないで、と。

「そうか？　それならキスをさせてくれ」

「話の脈絡がおかしいわ。何故私があなたを望んでいないならあなたとキスをしなくちゃいけないの？」

「私に感謝してるんだろう？」

「……ええ」

「では私はその礼にお前のキスを望む。何も持っていないエリセが私に返せる礼だ」

彼の手が、私の顎を取って上向かせた。

「ちゃんと許可を取ってる。返事は？」

彼と、もう一度キスをするの？

二度と手に入らないとわかっている果実を口に含めというの？

それが甘ければ甘いほど、後で手に入らないことに苦しむとわかっているのに。

パーティの夜、軽く触れた唇の感覚を思い出す。

離れた時の思い出になると思ったことも。

これが最後だわ。彼は私の気持ちを察し、それでも応えられないと言った。彼にとっても、よい思い出にするつもりでのキスなのだわ。

だとしたら、してもいい。終わりの儀式として。

「わかりました。お礼でいいのなら、します」

答えると、何も言わずに彼は顔を寄せた。

触れ合う寸前に一旦止まり、襲うように覆いかぶさってきた。

「……ン」

あの時のように、軽く重ねられるだけだと思っていたのに、キスは激しいものだった。

背に腕を回され、抱き締められ。重ねた唇は薄く開いて舌を伸ばす。

こんなキス、したことはなかった。

こんなキス、されるとは思っていなかった。

気圧(けお)されて開いてしまった唇の間から、彼の舌が入り込む。

口の中で舌が暴れる。隠している言葉を探すように。

キスしていいなんて、言わなければよかった。

こんなキスをされてしまったら、心をごまかすことができない。

私は、アルベルトにキスされて嬉しい。もっとキスして欲しい。この人が欲しい、と思っている自分の気持ちが暴かれてしまうなら、キスしなければよかった。

でももう遅い。

求めてくる彼に押され、ソファに仰向けに倒れる。

それでも唇は離れない。

呑み込まれてしまいそう。

この空気に、雰囲気に、感情に。

私を理解しようとし、私に気力を取り戻させようとし、ワガママをきいてくれた人。与えるばかりで奪おうとしなかった人。

アルベルトが……好きだわ。

鼻の奥がツンとして、泣いてしまいそうだと思った時、やっと唇が離れた。

名残惜しむように、二度、三度と唇を押し付けてから、彼が身体を起こす。

クッションに埋まってしまった私はすぐに身体を起こせないでいると、アルベルトは上から覗き込んだ。

「泣くな」

「泣いてなんかいません」

「そうか」

言いながら、髪を撫でてくれる。

涙は零れていなかったけれど、目が潤んでいるのは感じていた。けれど今のキスは感謝のお礼なのだから、泣いてしまったことを認めてはいけない。

アルベルトが私の言葉を否定しなかったのも、泣かれては困るという気持ちがあるからだろう。

「礼は確かに受け取った。だから、もう私がしてやったことに感謝しなくていい。二度と感謝のキスは望まない」

ええ、そうでしょう。今ので終わり、ですものね。

「今度キスする時は、お前の人生を引き受ける時だと約束しよう」

「……そんな日は来ないくせに。でもそうね、そんな時が来たら、私も感謝以外の気持ちを捧げるかもしれないわ」

来ない、とわかっているから言える言葉。

もう終わった、と感じたから。

「公爵夫人のこと、教えてください。私は仕事がしたいです」

全ての感情を呑み込み、微笑むと、アルベルトは悲しそうな顔をした。

私のことを理解しているから、そんな顔をしてくれるのでしょう。それが嬉しくもあり、寂しくもある。

「必ず、もう一度お前を笑わせてやる」

それはもう無理だわ。

「エンデア様の話をしよう」

手が私を引き起こし、自分は立ち上がって近くの椅子に腰を下ろした。

「大変美しい方で、おっとりとした性格の方だ」

力のない声。

それでも彼は美しい。

まるで一枚の絵のように。

そうね、彼は遠い世界の人。絵の中の世界の人なのだと思おう。

気持ちは通じたけれど、触れ合うことは許されない。互いにそれがわかっている。だから彼にとっても私は別の世界の人間。

「詩歌を好み、慈悲深い方だ。公爵のことを、とても愛していらした」

立ち上がって手を伸ばせば届くところにいるのに、アルベルトはとても遠い人だった。


ジョシュアのいない間、アルベルトは毎日私の部屋を訪れた。

長い時間ではなかったが、ここでも勉強を続けることを望み、その手配をしてくれた。

一緒にいる時間は、穏やかな時間だった。

彼は、戦争に行ったのだと言っていた。

そこでは、身分も何も関係なく、人はただの『人』に戻る。公爵だから死なないというこ　とはない。市民だから逃げ切れないというわけでもない。

ただ個々の『命』の運び手でしかなかった。

だから、彼は身分というものにこだわりがないのだと教えてくれた。

今よりも若かった彼は守られる側で、目の前で失われる命を沢山見てきた。生きたい、と願う者が斃れるのを。

だから、気力を失い、何も望まない私が悔しくて、悲しかったのだそうだ。

生きているのに、死を望んではいけない。

欠けてしまったものを取り戻させたい、生きていることの喜びを与えたい、と思ったのだそうだ。

言葉はそこで止まったけれど、その後に『だから惹かれていったのだろう』という視線を向けられた。

私の勝手な想像かもしれないけれど。

同じテーブルで食事をし、目を見交わして話をするこの時間を、私は一つずつ胸に刻んだ。

三日ほどしてジョシュアが戻ると、彼等は彼等の企みに忙しくなり、アルベルトと二人きりの時間は終わり。

ジョシュアという監視者のお陰で、私達は距離を保つことができた。

監視者……。

ジョシュアには、わかっていたのかもしれない。

私が彼に惹かれることが、彼が私に心を傾けることが。

だから忠告のように自分達の身分を明かし、クギを刺したのだろう。近づいても、結果は望むものではないぞ、と。

パーティに出ても、それは一時の夢。

やがては手を離すのだ、と。

アルベルトの態度が、私と距離を置くものだと察したのか、戻ってからのジョシュアは何も言わなかった。

態度も、心なしか柔らかくなったようだ。

そして問題のエンデア様のところへ行く日がやってきた。

計画はこうだ。

エンデア様に知られていない使用人を使って、彼女の屋敷に使いを出す。

当家の馬車が立ち往生してしまいました。迎えの者が来るまで、お嬢様、つまり私を休ませてください、と願い出る。

エンデア様は優しい方だし、貴族同士、そういう場合に断ることはないので、きっと屋敷に迎え入れてくれるだろう。

馬車は、『ちゃんと』車軸を壊したものを用意して、屋敷の近くに停めておく。

これは借り物の安馬車で、修理は簡単にはできないほど壊れている。

使用人達は、壊れた馬車の対応をするので、屋敷に残るのは私一人。

若い娘が一人で他家に残る心細さを心配し、お茶ぐらいは出してくれるはずだ。その時に、彼女の様子を見てきて欲しい。

望むことは、屋敷の中にどんな人物がいたか。

エンデア様が何を望んでいるか。

彼女に王家への恨みがあるか。

できる限りでいいから、それらのことを見聞きし、報告するのが私の役目。

「お前の短い髪には、きっと興味を持つ。嘘はついてはいけないが、言いたくないことまで言わなくていい。そのままのお前をエンデア様も気に入るはずだ」

アルベルトはそう言い、ジョシュアも同意した。

「エンデア様には、私達のことは絶対に話してはいけないぞ」

と言っただけだった。

質素なドレスを着て、それでも屋敷に上げる価値がないとは思われないよう、お母様の形見のサファイアの指輪をして、私は馬車に乗った。

計画どおりの場所で、馬車が壊され、中で待っていると迎えの者の人声が聞こえる。

使用人が呼びに行った、エンデア様の屋敷の者だ。

彼等が用意してくれた馬車に乗り換えて向かったお屋敷は、これもまた立派なもので、木々に囲まれているのがとても印象的な白い建物だった。

一人、ついてきた使用人が、公爵家の執事に私をセルウェイ男爵令嬢エリセと紹介し、貴人に呼ばれての移動中の事故であり、自分達は先方にこのことを伝えに行かなくてはならない。

あちらから馬車を借りて戻ってくるまで、どうかお嬢様をお願いします、と述べた。

執事は奥様に確認をと言って、一度奥に消えたが、すぐに戻ってきて、迎えの馬車が来るまで当家で責任を持ってお預かりいたしますと言った。

ここまでは、アルベルト達の計画どおりだ。

「お嬢様には、当家の主人が直接お会いしたいそうです。どうぞこちらへ」

と案内されたのも、計画どおり。

けれどここからは、想像とは違っていた。

彼等や私が想像していたのは、ティールームかどこかで、お茶一杯分の挨拶をするくらいの接触と思っていたのだが……。

案内されたのは、素敵なサンルームだった。

高価なガラスをふんだんに使ったその部屋は植物で満たされ、珍しい籐の椅子が置かれていた。

もちろん、そこに座ってらっしゃるのはエンデア様だ。

金色の髪をふっくらと結い上げた、泣きぼくろの印象的な美女。ご容貌からも、おっとりとした方なのだろうとわかる。

この方が、謀反など計画するかしら？

「あなたがセルウェイ男爵の娘？」

問いかける声も、甘く女性らしいものだった。

「はい。エリセと申します。この度はお世話をおかけいたしまして……」

「もっと近くへ来て頂戴」

向かい側にある椅子を勧められると思ったのに、彼女は私を手元まで呼び寄せた。

それからじっと私を見て、思いがけない言葉を発した。

「ああ、本当。お父様と同じ髪の色ね」

「お父様をご存じなのですか？」

私は驚き、思わず声を上げた。

すぐに失礼だったと口を押さえ、謝罪で目礼したが、彼女はにっこりと笑った。

「ご存じ、というほどではないけれど、昔に。ご存じかしら？　あなたのお父様は昔王城の騎士だったのよ」

「はい。聞いたことはございます。剣の腕はよかったのだ、と」

「ええ、一度謁見式で演武をしたこともあったのよ」

「それは知りませんでした。父は、王都でのことは殆ど話さなかったものですから」

だから、戦争の時、迎えが来るまで父が剣の達人とは知らなかったくらいだ。

「私がこちらに嫁いできた時、領地が近いからと挨拶にも来てくれたわ。セルウェイは元気かしら？」

その言葉に、芝居などではなく涙が零れた。

両親を語る人がいる。先日の時のように、知りもしないで悪く言うのではなく、ちゃんと知っていて、立派だったと褒めてくれる人が。

それが嬉しいような悲しいような複雑な思いと共に、その両親がもういないという寂しさを思い出させた。

「……父は、亡くなりました」

「まあ」

エンデア様は小さな驚きの声を漏らした。

「戦争で傷を負い、それが元で先年……」

「ではお母様とあなたは大変だったでしょう」

「母も病で亡くなりました」

「では男爵家には、あなた一人？」

「いえ、今は叔父が継いでいて……。本当ならば私はセルウェイ『男爵』を名乗ることはできないのですが……」

貴人の前で涙を見せるのは失礼なこと。だから堪えようとしたのだが、彼女がその細い腕を伸ばし、私を抱き締めたから、それができなかった。

「可哀想に。苦労をしたのね」

その声が、上辺だけでなく心からのものだったから、私は子供のような気持ちになってしまった。

辛かった。

苦しかった。

それを察して、労(いたわ)ってくれている。

今までも、そういう人が一人もいなかったわけではないが、彼女の声には関係のない世界の人が悲しい物語に驚いているという響きではないものを感じたから、涙が止まらなくなってしまった。

その理由はすぐにわかった。

「私も、戦争で夫を亡くしたのよ」

ああ、そうだった。

彼女も、愛する人を失う悲しみを知っているのだ。

「家族を失うのは、とても辛いことだわ」

同情ではなく、同調。同じ気持ちを共有してくれているのだ。

そう思うと、もう我慢ができなかった。

私は子供のように泣き崩れ、彼女の腕の中で泣いた。

それは、初めてのことだった。

「いいのよ、お泣きなさい。今まで泣けなかったのね」

優しい方。

彼女も少し涙ぐんでいる。

「戦争は残酷だわ。悲しみしか生み出さない」

こんな人が、謀反を企てるわけはない。

私は、私達は、暫く抱き合ったまま涙を流し続けた。

まるで、心の澱（おり）が流されるように、心が軽くなってゆく。

私……、泣きたかったのだわ。

泣いていることを慰められたかったのだわ。憐れまれるのではなく、認めて欲しかった。一緒に泣いて欲しかった。

泣いてもいいのだ、と思わせて欲しかった。

泣いたら弱くなってしまう。一人では、弱くなるわけにはいかないから、泣くことは許されなかった。

でも、エンデア様は私と一緒。

おこがましいかもしれないけれど、この方も愛する人を失うという悲しみを知っている。その悲しみが共有できているから。泣いても許されるのだと思った。

もしかしたら、エンデア様も同じ思いだったのかもしれない。

公爵夫人として、王妹として、弱い姿を見せることができなくて、涙を見せられなかったのかもしれない。

ひとしきり泣き続けた後、私は自分の非礼にやっと気づいて身体を起こした。

「申し訳ございません。みっともないところを……」

鼻をすする私の頬に、彼女はそっとキスしてから腕を離した。

「いいのよ。辛いことを思い出させてしまったようだから。私も泣いてしまったし」

エンデア様がハンカチで目元を押さえるのを見て、私も持っていたハンカチで涙を拭い、改めて彼女に頭を下げた。

「思いがけず父の勇姿が話題に出たものですから、懐かしくて。もう忘れなければいけないことですのに」

「忘れる必要はないわ」

「……え？」

「大切なものは、心の中に残しておくものよ。どんなに辛くても、その思い出が力をくれるでしょう」

「でも……。幸せな頃を思い出すのは辛いと思いませんか？」

　思わず訊いてしまうと、彼女は微笑んだ。

「とても辛いわ。でもその辛さが、私が彼を愛した証ならば、消したくないと思うの。私は、夫と過ごして幸せでした。思い出すのが辛いからといって、その幸せを忘れるのは、夫に申し訳がないもの」

　申し訳がない……。

「奥様は、失ったものを悲しむだけではないのですか？」

「失ったものは悲しいわ。でもそうね、それだけではいけません。自分が空っぽになってしまうもの。悲しいことを考えないように、辛いことを忘れようとしている間に、失いたくないものまで失ってしまい、何もなくなってしまう。あなたもそうではなくて？」

　そのとおりだったので、私は素直に頷いた。

「与えられても奪われるなら、何も望みたくないと思います」

「それはいけないわ。それでは『あなた』がいなくなってしまうもの。あなたはまだ若く、これから愛する人を見つけて幸せにもなれるのよ」

彼女の言葉に、私は顔を強ばらせた。

ここで話すことは、アルベルトには伝わらない。

エンデア様は、私と気持ちを同じくしてくれている。

その安心感から、正直に気持ちを口にした。

「愛する方はいます。けれど、それもまた幸せには繋がりませんでした」

「まあどうして？」

「先ほど申しましたとおり、男爵家は既に叔父が継いでいて、折り合いが悪く私は家を出てしまいました。私には身分がないのです。両親も亡くなりました。けれど私が心を寄せた方は身分のある方で、私の手を取ることはできないとおっしゃっていました。新しい愛しさで幸せを得ることはできないと思います」

エンデア様は何も言わなかった。

彼女も、地位のある女性としてその理屈がわかるのだろう。

「けれど、思い出をこれからの礎にしたいとは思っていました。エンデア様のお言葉を聞いて、その想いを強くいたしました。辛くても忘れず、その悲しみも大切にしたい、と」

「もしも……。もしもあなたに行く宛てがないのなら、この屋敷で働きますか？」

エンデア様は優しい目で語りかけた。

「私は、先の戦争で傷ついた者達を屋敷に住まわせているのです。帰る先をなくしてしまった者、元々帰る宛てのない者に仕事を与えています」

「どうして、と伺っても？」

「夫の代わり、ね」

寂しい微笑み。

「夫を見送った後、私に届いたのは死亡の知らせと亡骸だけでした。私はあの人に何もしてあげられなかった。なので誰かの世話をして、自分を癒やしているのよ」

遠くに向けられた視線は、亡くなったご主人を見つめているようだった。

代償行為。

そんな言葉が頭に浮かぶ。

何かで埋めなければ、心に空いた穴が埋まらないのだわ。

「この国の兵士を、ですか？　まさか傭兵まで？」

「傭兵も。あの人達は元々戻る先がないようだから」

それが……、噂の出所だったのね。

傷ついた兵士に手を差し伸べたことが、兵を集めているように見えたのだわ。

「農園と病院を作っているの。働き口は沢山あるわ」

「病院も？」

「怪我人を集めているのですもの、必要でしょう？　それで、あなたはどうする？」

「え？」

「行く宛てがないのなら、ここで働くといいわ。セルウェイ男爵のお嬢さんですもの、ちゃんとした仕事を世話してよ？」

「ありがとうございます。実は、私を招いてくださる方というのは、お仕事を世話してくださる方なのです」

「行く先は決まっているのね？」

ここからは帰らなければならないからそう言ったが、心残りはあった。

アルベルトと離れなくてはならないのなら、エンデア様と慰め合って生きてゆくのもいいかもしれない、と。

「まだはっきりとではありませんが……もしもそちらで望むお仕事がなければ、再びこちらを訪れてしまうかもしれません。よろしいでしょうか？」

だから未練たらしくそう言うと、彼女は微笑んだ。

「もちろんよ」

その笑みに心が軽くなった。

となれば、もう一つ聞いておかなければならないことがある。

「不躾（ぶしつけ）な質問かと思いますが、エンデア様は現王様の御妹様でいらっしゃいますよね？

お寂しさをお兄様に埋めていただくことは考えなかったのでしょうか？　私のように、折り合いがよろしくなかったのですか？」

エンデア様は少しだけ困った顔をした。

訊いてはいけなかったかしら？

「そうねぇ。少し抵抗があるといえばあるわね。私の夫に戦場へ行けと言ったのは兄だし、でもねぇ……」

彼女が言い澱んだので、私は慌てた。

「失礼いたしました。おかしなことを……」

「いいのよ。別に折り合いが悪いわけではないの。けれど、あちらは家族皆が揃っているし、一々『大丈夫か』と訊かれるのも疲れてしまって。贈り物なども送ってきたのだけれど、大きな壺とか、宝石とか。どうにも的外れなのよね」

「それは……、そうですね。私なら美術品より花を贈られる方が嬉しいと思います」

落ち込んでいる妹に、華やかなものを贈るというのは少しズレている気がする。

「そうなの」

彼女は話し続けながら、ベルを鳴らした。

すぐにやってきたメイドにお茶を頼んだ。

「お茶も出していなかったわね」

「お茶よりももっと嬉しい、優しいお心をいただいておりましたから」

「まあ、お上手だこと。やはり女の子はいいわね。お茶をいただきながら、今度は楽しいお話をしましょう。あなたは、本は読まれる？」

「はい。先日、詩集を読みました」

詩歌が好きだと聞いたので、そちらの話題を振ってみると、彼女の目が輝いた。

「まあ、どなたの？」

アルベルト達の不安が解消される答えを聞いて、一安心し、残りの時間をエンデア様を楽しませるために使おうと思った。

私に涙を流させてくれた方は、ご本人も寂しさを抱えている。

私の父は終戦で戻ったけれど、エンデア様のご主人は戦争の最初の頃に亡くなられた。

つまり、随分と前の話のはずだ。

なのに未だに私と共に涙を流すということは、上手く泣くことができずに今日までできたか、何年経っても悲しみが癒やされないかのどちらか。

どちらにしても、今もそこに悲しみがあるのなら、お慰めしたい。

私には、慰めてくれる人もいないままだった。

エンデア様は、ご自分の胸に空いた穴を、ご自分で埋めようとしている。悲しみも大切だと向き合っている。

尊敬すべき、素晴らしい女性だわ。言葉遣いも、態度も、雰囲気も、これが目指すべき貴婦人の理想の姿なのだろうとも思った。

なので、迎えが来るまでの間、私はとても楽しい時間を過ごすことができた。

エンデア様も、久しぶりの若い女性の来客が嬉しかったと言ってくれた。

お互い、別れを惜しむほどに。

「お仕事が決まっても、遊びにいらっしゃい。あなたの心が落ち着いたら、若い頃のお父様のお話をしてさしあげるわ」

という言葉もいただき、私はお屋敷を後にした。

訪れた時よりも、ずっと心を軽くして。


「そういう理由だったのか……」

館に戻ってから全てを報告すると、アルベルト達は納得したような、意外だというような顔で頷いた。

「慈善施設を作っているなら言ってくれればこちらからも協力はできたのに」

「傷ついている人と、傷ついていない人では、対応や考え方が違うと思われたのでは？」

私の言葉に、二人は項垂れた。

「……まあ、実際未亡人への贈り物に宝石や美術品などを送るくらいだし」

「女性が喜ぶもの、と思ったんだろうな」

けれどどこか、安堵した表情でもあった。

叔母様に対する疑いが晴れたからだろう。

「にしても、エンデア様までエリセの父上を知っていたとは、本当に有名だったんだな」

ジョシュアの言葉には敬意を感じられたので、嬉しかった。

「私も驚きました」

「何にせよ、すぐに陛下に報告して、安心させた方がいいだろう」

あ。

「顔出ししたら、何をしてるのかとお小言を言われた。せめてこっちの報告ぐらいは早くしないと」

行ってしまう。

「あっちは、最後のチェックが必要だからな」

ジョシュアの言葉に、身体の奥が震える。

「私は今のままでもいいと思うが？」

「ダメだ。侯爵のメンツにもかかわる。それにみんなを納得させられない」

「じゃ、ついでにパーティの準備もしてきてくれ」

「私が？」

「王子様主催、でいいぞ」

何を話しているかわからない二人の会話が流れてゆく。

王様に報告だもの、行ってしまうのよね。

私のするべき仕事は終わってしまったのだし、ここでお別れなのだわ。

「結果は出たんだ。ジョシュアだって文句は言えないだろう？　侯爵家ならば問題はない」

「それはそうだが……」

「いざとなったら、エンデア様も味方になるかもしれない」

「それはないだろ」

「わからないさ。私は運命を感じている」

「夢を見るな」

「夢は見ない。私が見ているのは現実ばかりだ。なので、ジョシュア殿下、是非陛下にご報告をお願いいたします。私はここでお待ちいたしますので」

「え？」

アルベルトの言葉に思わず声を上げると、二人は同時に私を見た。

「何だ？」

「あ、いえ。ご報告は二人で行かれるのかと」

「いいや。行くのはジョシュアだけだ」

アルベルトが答えた。

「私がここを出ていくのは、首尾が整ってからだな」

残る、といっても暫くの間だけなのね。

「お前も一緒に王城へ行くか？」

アルベルトの言葉に、私は笑った。

「おたわむれを。王城は誰でも入れる場所ではないのでしょう？　私のような身分のない者には足を踏み入れることはできませんわ」

答えると、アルベルトは得意げにジョシュアを振り向いた。

「エリセは付け上がるとか甘えるということがないようだ」

すると、ジョシュアがため息をつきながらではあったけれど、同意を示した。

「そうだな。大変慎ましやかな女性だ」

遠出から戻って以来、ジョシュアの態度が変わったと思うのは気のせいではないようね。

「エリセより、問題はお前だ。速攻戻ってくるから、おとなしくしてるんだぞ」

ジロリと睨まれても、アルベルトは素知らぬ顔をしていた。

二人は本当に兄弟みたいに仲がいいわね。

「準備して欲しいものがあるから、取り敢えず部屋へ行こう。エリセ、もう戻っていいぞ」

「はい。では、失礼します」

私は部屋を辞して私室に向かった。

エンデア様の前で泣いたことは、もちろん彼等には言わなかった。

でも泣いたお陰ですっきりしていたので、部屋に戻って一人でいても、暗い気分にはならなかった。

悲しみも辛さも、みんな思い出となる。自分の愛する人がくれたものを消してはならない。その考え方がとても気に入っていた。

もうすぐ、私はまた全てを失うかもしれない。

けれど与えられたものは沢山あった。

思い返せば、いくらでも浮かんでくる。

私は彼に出会えて幸福だった。

それを無かったことにしなくてもいいのだ。

「そうだわ。もしここで別れることになったら、エンデア様のところに行きたいと言ってみようかしら？」

遠く離れてしまうよりはいい。

彼女の側にいることはとても心地よかったし、誘ってももらえた。もしかしたら、いつかアルベルトが訪ねてきて、その姿を見ることができるかもしれない。

教育や、気構えや、想い。与えてもらったものは、ちゃんと残っている。

それが次の私の人生を変えてくれた。

だから、私はもう不幸ではない。そう思うことができる。

夕食の席でそのことを話そうと思ったのだが、彼等は部屋から出てこなかった。

「お話が長引いていらっしゃるようで。お嬢様だけでお食事を、とのことです」

執事の言葉にがっかりしたけれど、まだアルベルトは残るのだし、別れが来て、私の仕事の話が出てからでもいいわ。

一人でベッドに潜り込んだ時も、すぐに眠りに落ちることができた。

とても、安らかな気持ちで。


翌朝、話し合いが難航したのか、二人は朝食の席にも顔を出さなかった。

ようやく姿を見せたのは、ジョシュアが旅装で出てきた時だ。

「上手くごまかせなかったらどうするんだ」

「そこはジョシュアの腕を、いや口を信じてる。支度はニリアス夫人に任せれば上手くやってくれるだろう」

「理由を聞かれたらどうする？」

「侯爵に頼まれたと言えばいいだろう」

「なんで侯爵がお前に頼むんだよ」

「じゃあ、お前の彼女が……」

「私にいらぬ問題を起こさせるな。私はニリアス夫人をごまかす自信はない」

何だかわからない話題を、二人で歩きながら言い合っている。

私の目の前を過ぎても、気が付かないほどに。

「じゃあ、エンデア様に頼まれた、でどうだ？」

「エンデア様には若いだろう」

「彼女が面倒をみる女性、なら？」

「……それなら何とか」

「じゃ、それでいこう。どうせ確かめることなどできないのだから」

そこでアルベルトが私に気づいた。

「おはよう、エリセ」

「もう昼近いですが、おはようございます。エンデア様がどうかなさったのですか?」

「何でもない。ジョシュアの見送りか?」

「今から向かわれるのですか?」

私が尋ねると、ジョシュアは肩を竦めた。

「やらなければならないことが山積みだ」

王子のジョシュアが出かけてばかりなのね、と思ったけれど、陛下にお会いして報告するなら王子でなければならないのかも。

「お気を付けて」

見送りの言葉を口にする私に、ジョシュアは静かな目を向けた。

「お前は優しいな。私は結構意地悪をしたのに、気遣ってくれるのか?」

厭味(いやみ)はなく、本当に疑問を抱いているような口調だったので、そのまま答えた。

「だって、ジョシュア様は真に意地悪な方ではありませんもの。私に分をわきまえろとは言っても、蔑むことはしませんでしたわ」

分をわきまえろ、というのも意地悪で言ったのではなかったし。

でも彼はため息でそれに応えた。

それも別に嫌な感じではない。

「お前の負けだな」

アルベルトが言うと、笑みさえ浮かべていた。

「わかったよ。せいぜい幸福の使者として頑張ろう」

それから私の頭に軽く手を置き、「こんなことができるのも、もう少しの間だけだな」と言ってから子供にするように髪をかき回した。

もう、別れの時が近いのを示唆しているのだろう。

見送りに出たわけではなく偶然だったのだが、玄関先まで見送ると、ジョシュアは馬上から私達に手を振り、そのまま出ていった。

彼が、戻ってくるまではまだここにいられる。

何か一つの出来事がある度に、別れが延長されていくわ、と思った時、背後に立っていたアルベルトが私の首に腕を回し、肩に顔を乗せてきた。

「どうだ、これから私と語らうか?」

私達に先はないのだから、あまり近づかないで欲しい。こんなことをされると動悸が収まらなくて困ってしまうのに。

「もうお昼ですわ」

「では午後に」

「午後には家庭教師が来ます。あなたがもっと勉強しろとおっしゃったでしょう」

腕が離れたから振り向くと、アルベルトは少し拗ねた顔をしていたが、すぐにパッと笑顔になった。

「では夜にお前の部屋へ行こう。お前に聞きたいことがある」

そんな顔で笑わないで。

嬉しくて悲しくなる。

「かしこまりました」

「そういえば、お前は酒は飲めるのか？」

「あまり飲んだことはありません」

「では、そのうちそれも覚えなければな。ワインの産地と銘柄ぐらいは頭に入れておけ」

「はい」

たった今、抱き着いたことなどなかったかのように離れてしまう。

その素っ気なさが、彼の今の気持ちなのだろう。

私を好きだと言ったのも、大した意味はなかったのかも。私はまだこんなにも心を残しているけれど、彼はもうなかったことのようにできるのだもの。

「食事までまだ間がある。私とダンスでもしないか」

悪気なく振り返り手を差し出すアルベルト。

「アルベルト様はジョシュア様がいらっしゃらないと、子供っぽいですわね」

それが私を苦しめることを知らないからね。

でも、その苦しみもあなたのくれるものなら受け取りましょう。それすらいつか与えられなくなるものだから。

「お前も言うようになったな……」


この館の使用人を、あまり見かけることはなかった。

前の屋敷よりも人が少ないのかと夕食時にアルベルトに尋ねると、そうではないと答えた。

「ここは公的な王子の館だから、使用人も古参が多い。仕事に徹していて、主人の邪魔にならないようにしてるだけだ。呼ばれればすぐに来るが、呼ばれなければ姿を消す」

「どうして公的な場所だとそうするのですか？」

「王子がこっそり会いたい人間を呼んだりした時、使用人に見られるのは都合がよくないとわかっているからだ」

「恋人、ですか？」

「逢い引きもあるだろうが、交渉事など政治向きのこともある。だから口も堅い」

なるほど、王子様ともなればそういう場所が必要なのね。

皆あまり口も利かず、物音も立てないので、幽霊みたいだわと言うと笑われてしまった。

「使用人はそこにいないものとして扱うのが日常だ。城に行くと、これに警護がついたりするから四六時中人がいることになる。無視できるようにならないと、うざったくてかなわない」

「王子様も大変ね」

「王子だけでなく、ある程度要職にある者はこんなものさ。エリセも少し慣れるといい」

「慣れても、意味はないわ」

「人がいる方が好き？」

「すぐに一人になるのだもの」

言ってから、少し卑屈に聞こえたかしらと反省した。

「私は女だから要職にはつけないでしょう？」

取り敢えずフォローはしたが、そんなに気にした様子ではなかった。

食事を終えると、執事が彼に手紙を届けにきて、彼は退席した。

食事の後に私の部屋に来ると言っていたけれど、明日になりそうね。

手紙を開いた彼の顔が少し険しくなったから。

アルベルト達は、また何かお仕事をしているのかもしれない。

ここのところ私にはわからない会話をよくしているし、何かの準備がどうの、侯爵がどうのと言っていたし。

その仕事に、私ができることがあればいいのに。

そうしたら、また一緒にいられる時間が延びるかもしれない。

期待をしてはいけないと思っているのに、最近私はよくそれをしてしまう。

暫く食堂で待ったけれど、何も言ってこなかったので、部屋へ戻った。

可愛らしくも豪華な部屋。

本当の私にはもったいないくらいの部屋だけど、今はここでくつろごう。

いつか、ここを思い出す時にちゃんと思い出せるように。

「やっぱりここが好きなのよね」

窪みのところのソファのクッションの山に座る。

ソファにしては座面が低くて腰が沈むと思っていたけれど、子供用だからね。

ここで小さなアルベルトとジョシュアが並んで座っているのを想像すると、楽しかった。

私のひざにも乗りそうな小さなアルベルトは見てみたかったわ。

失っても、思い出したら幸せだったと笑えるかしら？

最初は泣いてばかりかもしれないけれど、時間が経てばそうなれるかも。

今も、両親に愛されていた頃を思い出すと涙ぐんでしまうけれど、思い出を不幸とは思わない。エンデア様が言っていたのは、きっとこういうことね。

辛くても悲しくても、それを受け止める。

思い出す度に泣いてしまうからといって、心の奥底に押しやるのではなく、思い出して涙を流しても、愛されていたと感じることが幸せだと。

忘れるべきは辛かった時のことかも。

その時、ノックの音がした。

「どうぞ」

と答えるのとほぼ同時にドアが開く。

「またそこにいたのか、好きだな」

入ってきたのはアルベルトだった。

「女性の部屋に勝手に入ってはいけませんわ」

「ノックはした。どうぞ、とも言っただろう？」

「そうですけど、タイミングが早すぎです。答える前にドアを開けていたでしょう」

「食事の後部屋へ行くと伝えてあった」

「せめてここから立ち上がる猶予をください」

「そのままでいいさ」

まだ立ち上がる前に、彼は私の隣に座った。

十分な広さはあるのだけれど、大人が二人で座るには手狭で、身体が密着してしまう。

「あちらの椅子に行きましょう」

「ここでいい」

「では私はあちらに行きます」

「いいと言っている」

立ち上がろうとした私の腕を取って、彼が引き戻す。

「困ると言ったはずです」

手が熱い。

振りほどくことができないのは、力が強いからではなく、伝わる熱のせい。

「私がお前を相手に選べないから？」

「その話はもういいです」

「いいや、よくはない」

「アルベルト様」

からかっているのではないことはその顔を見ればすぐにわかった。

「お前は、私が好きか？」

た。

「真実を教えてくれ。爵位のことも過去のことも関係ない。私が何者であるとか、お前が何者であるとも考えず、気持ちだけ答えてくれ」

腕は私が逃げないようにつかまれたままだったけれど、抱き寄せられることはなかった。

真剣な顔で、私だけ見る青い瞳。

魔法にかけようとしているみたいに、目を合わせ、もう一度訊いてくる。

「エリセが私をどう思っているか、ただそれだけが聞きたい」

言ってはだめ。

言ってもどうにもならないこと。

口にしたら、それが欲になってしまう。

わかっているのに、私は魔法にかかってしまう。

思い出になった時に、『言えばよかった』と『言ってよかった』と、どちらが後悔が少ないかを秤にかけてしまう。

「……好き、よ」

言っていたら何かが変わっていたかも、か。言わないまま終わらせていたらよかった、か。

「感謝して……」

空っぽになるなと彼が言ったから、まだ空っぽになる前の本当の気持ちを口にする。

「私が欲しいか？」

「アルベルト、もう……」

「私はお前が欲しい」

どうあっても言わせようというのね。

「手に入るなら……、欲しいと願ったでしょうね」

言い切ることができなくて、そんな言い方をする。

「では、全てはお前次第だ」

「私？」

「そうだ。お前が、何があっても私についてくると言うなら、私はお前を手元に置こう」

それは、私が妻を望むのではなく、妾で我慢ができるなら、ということ？

「だがエリセが私を好きでなければ、その無理を強いることはできない。だから訊きたいんだ。お前は何があっても私を好きでいられるか？　愛せるか？　と」

無理を強いる……。

結婚するのなら、そんな言葉を使わないだろう。

でも、もしかしたら本気で考えてくれているかもしれない。

「私を……、あなたの妻にしてくれるの……？」

否定されることを予感しながら訊くと、彼は質問に質問で返してきた。

「私を愛しているか？」

迷いは、一瞬だった。

結婚ではなくても、妾であっても、彼から離れたくない。

「……愛しているわ」

彼を信じてみたい。

一度は釣り合いが取れないという私の言葉を受けて手を引いてくれた彼が、再び私を求めてくれるのなら、真実を告げてもいい。

「誰に何を言われても、どんなことがあっても、私の妻でいるか？　私の側から離れないと誓えるか？」

妻、という言葉を使ってくれた。

不安が、一瞬にして消し飛び、喜びが身体の中に広がる。

かりそめの喜びでも、この瞬間の真実に溺れた。

「あなたが手を離さないでくれるのなら」

「よし」

アルベルトは私を抱き締めた。

強く、強く。

腕の力に彼も喜びを込めて。

「明日、ジョシュアが戻ってくる。さっき知らせが届いた」

さっきの手紙は、ジョシュアからだったの？

「少し問題が起きて、私は彼と共に一度王都へ向かう。エリセをここへ置いていかなくてはならないが、必ず迎えにくる」

「問題？　エンデア様が何か？」

「いや、彼女のことじゃない。だがどうしても、私が行かなくてはならない問題なんだ」

彼は腕を緩め再び目を合わせた。

見つめ合うと、我慢できないというように唇を奪われる。

「許可は取らなかったが、許してくれ」

と言いつつもう一度。

今度は深く口づけられる。

「なるべく早く戻ってくるつもりだが、待てるな？」

待つ、という言葉に一抹の不安は感じたが、私は頷いた。

「あなたが待てと言うなら」

「お前を連れていきたいというのは私のワガママだ。だがエリセが私を愛していると言ってくれるなら、それは二人の望みになる。お前は今まで沢山の望みや願いを叶えられずにきたが、今度は叶えてやる。それは私の望みでもあるのだから、きっと叶う」

「自信たっぷりだわ」

「私の望みが叶わなかったことはないからな」

子供じみた言葉に少し笑うと、彼は再び唇を重ねた。

「笑ったな」

「アルベルト様が子供みたいだったから……」

何度もキスされて、だんだんと恥ずかしくなってきた。

こんなにキスしていいものなのかしら、と。

「覚えているか？　今度キスする時は、お前の人生を引き受ける時だと約束したのを」

「……覚えています」

そんな日は来ないと答えたことも。

「約束が守れたな」

彼が微笑むから、嬉しくて目が潤んだ。

「泣くな」

「泣いてなんかいません」

この会話も、あの時にしたわ。

「喜びの涙なら許すが、それ以外のものは許さない。夢だとは思うな、今だけとも思うな」

　でも今回は見逃してくれなかった。

　指が、零れ落ちそうになっていた涙をすくう。

「あまり泣いてると、これが現実であることを教えてやりたくなる」

「そんなことができるなら、して欲しいくらいだわ」

　自分で言ったのに、彼は口の端を歪めて目を逸らした。

「そんな方法はないのに、簡単に言わないで。嘘のつもりでなくとも、叶わない言葉を聞いてしまうと不安が募るわ」

「ないわけじゃない。だが後悔させたくない」

「後悔？　何があっても付いてゆくと言ったのに？」

「お前は潔いな」

「決めたことは迷わないわ。失っても思い出は幸せとして残ると教えられたから、怖いものがなくなったの」

「誰に？」

「エンデア様。ご主人と愛し合った日々は決して消えない幸せなのですって」

「私は思い出にはさせない。幸せは共に歩んでつかむものだ」

　彼は私を離して立ち上がり、クッションの中から私を抱き上げた。

「きゃっ」

突然のことに驚いて声を上げたが、彼はそのまま私をベッドへと運んだ。

今日はこれで終わり、もう眠れという意味だと思った。

彼は私をベッドの上へ降ろし、自分はその傍らに座ると、神妙な顔付きで私を見下ろした。

「私はたわむれで女性に手は出さない。個人としての考えもあるが、それなりの立場があるからだ。信じるか？」

「ええ。拒んだ私から離れてくれたのですもの」

まだ話が続くなら、と身体を起こす。

「では、今回は忍耐を見せなくてもいいな？」

起きた私にまたキスをする。

「今度は叩くなよ？」

叩く、と言われて彼がしようとしていることを察した。

私が彼を叩いたのは一度だけ。

初めて出会った時、倒れていた私を男の子と思い服をはだけさせたあの時しかない。

シャツを開けられ、胸当てを切られ、胸を見られたあの時だけだ。

「待って……」

彼の手が私のドレスにかかる。

「お前の嫁入りを心配する必要も、子ができることも、心配する必要はない」

抗う手を取られ、またキス。

「愛することを体現してやる。これが夢ではない証拠に」

「あ……」

背中に回った手が、ドレスの留め紐を引く。

布の締め付けはそれだけで緩み、彼が肩にキスしながら襟元を咥えて引っ張ると大きく開いてしまった。

私の嫁入れ先を心配しないということは、私を他の者に渡さないということ。

子ができることを心配しないというのは、手元に置き続けるという約束。

公爵の息子という立場をわきまえながら、それを口にするというのは、私を本気で妻に望むと言ってくれた証拠。

ならば、どうして拒むことができるだろう。

私自身、彼以外の人にこの身体を許すつもりなどなく、彼を求めているというのに。

「アルベルト……」

恥じらいが身を捩らせる。

気にせず、手がドレスを剝いでゆく。

飾りの少ないドレスはあっさりとその役目をアンダードレスに譲り、腰の辺りに溜まった。

丸まった布の塊は更に下ろされ、足元から床に落ちていった。

薄い下着だけになると恥ずかしさは強まった。

見下ろす彼の視線から逃れるようにずり上がり、重ねた枕(まくら)の上に寄りかかるような格好になる。

するると彼はポツリと言った。

「初めて見た時と一緒だな」

指が、下着の前ボタンを外す。

「少年が倒れているのだと思って、傷を見るためにシャツを開いた」

全てを外してしまってから、前を開く。

あの時のように、自分の乳房が露(あらわ)になったのが見えた。

「あ」

上げた小さな私の声に、動きが止まる。

「今日は叩かれなくてよかった」

大きな手が、隠すように乳房に触れる。

「……ん」

熱い、私のものではない人肌の感触。

大きくて、硬くて、不思議な感触だった。

胸を押さえた手のひらがゆっくりと動きだして、彼の身体が近づく。

「肉付きがよくなった。健康になった証拠だな」

『健康』という言葉を使っても、『肉付き』と言われると妙に生々しくて恥ずかしくなってしまう。

女性としての身体を意識したことはなかった。

女の一人旅は危ないと注意された時には自分が『女』であることは意識したが、『女の身体』というものは想像できなかった。

生まれた時からこの身体で、他の人に見せたり触れられたりしたことはないのだもの。

でも今、アルベルトの視線が、彼の手の感触が、自分の女性としての身体を意識させる。

彼に比べると、白く細い四肢。

肉がついたとはいえ強く抱かれたら怪我をしてしまいそう。

膨らんだ胸元は敏感に手を感じ、それに反応する。

彼の手は、自分と違う感触を楽しむかのようにゆっくりと撫でてゆく。

「傷、残らなくてよかった」

アルベルトは盗賊に切られた私の肩の傷があった場所に口づけた。

熱い唇の感触に身体が震える。

心配してくれたのだわ、とそれを許すのではなかった。

「あ……」

肩に寄せてきた顔は、傷があった場所へのキスを終えると、私の胸に移動したから。

「や……」

見られることは覚悟していた。

触れられることも、恥ずかしいけれど覚悟していた。

でも舐められるなんて。

声を上げて身を捩り、彼から逃れようとすると、腕が私を押さえ付ける。

両の手首を捕らえてベッドに張り付けるように縫い留め、無防備な乳房にキスを繰り返す。

「いや……っ、待って……」

軽いキスだけでも、ゾクゾクしてしまうのに、乳房に舌を這わされ、中心を口に含まれると、初めての感覚に全身が震えた。

「あぁ……っ」

愛撫を受けているのはその一点だけなのに、全身の肌が粟立つ。

何故か、脚に力が入った。

そうしていないと、脚の真ん中に生まれた奇妙な感覚が全身に広がってしまいそうで、怖くて。

その感覚に全身が呑み込まれたら、きっとおかしくなってしまう。

「あ……、そこはもう……」

私がどんな状態だかわかっているのかしら？

そこをそうされると、女性がどうなるか知っているのかしら？

アルベルトの舌は、突起を中心に、嬲（なぶ）り、舐（ねぶ）り、吸い上げては口づけ、私を翻弄（ほんろう）する。

声を上げ続けるせいで唇が乾き、喉も嗄（か）れる。

「ん……、あ……」

触れられていないのに、脚の真ん中がヒクヒクと痙攣（けいれん）を始めた。

自分の意思とは関係なく、何度も。

「あ……ぁ……」

そうなってからやっと、彼は私を捕らえていた手を離した。

けれど全身が痺（しび）れて上手く動くことができず、彼から逃げることができない。

僅かにその頭を押し戻そうとしたが、力が足りなかった。

身体が溶けてしまったのではないかと思うほど、脱力する。

自分の身体なのに、上手く動かない。

彼の行動に反応する時だけ、大きく動くけれど、起き上がろうとか、身体を返そうということはできない。

だからもう、アルベルトにされるがままだった。

彼が、私のドレスの上に服を脱ぎ捨てる。

二つの重なった衣服が視界の端に映った時、酷く象徴的に思えた。

体格がよいのは知っていたけれど、逞しい彼の身体は、まるで彫像の英雄のように美しい。

その身体に、小さな傷痕があるのを、私は見つけた。

力の抜けた腕に力を込め、何とか動かす。

「これ……」

「ん？　ああ、戦争で受けた傷だ。矢が当たった」

そっとそれを撫でると、彼は身体を捻った。

「くすぐったいな」

と笑って。

「私は前線ではなく、比較的安全な場所にいたのだが、一度奇襲を受けてね。その時だ。自分を『俺』と呼ぶようになったのもその頃だったな。私は男だから傷痕など勲章さ」

「勲章なんかじゃないわ……。傷は傷よ。治って……本当によかった」

「……ああ」

軽口を収め、神妙に頷き、彼がまた私を求める。

肌と肌が直接触れ合う感覚も、初めてだった。

さっきまでは、胸の先を嬲られていた時とは違う感覚が生まれる。

でも抱き締められ、ゾクゾクするような、もどかしいような、ピリピリしたものだった。

身体が熱くなって、深い口づけを与えられて感じるのは、体温が上昇してゆく感じ。

そしてその熱は、芯から燃えてゆくような感じだった。

密着していて、彼を迎えることへの抵抗を薄くしてゆく。

互いの身体を見たり見られたりしていないせいかもしれない。肉体という生々しいものから、一時的に目を逸らしているから。

キスと抱擁という、私の知っている行為だからかもしれない。

「お前の髪が早く伸びるといい」

私も。そっと彼の背に腕を回してみた。

「短い髪も似合うが、赤い髪の波に呑まれてお前を抱くのも楽しいだろう」

指が、先ほど痙攣していた脚の真ん中に伸びてゆく。

「あ……」

またあのピリピリとした感覚に襲われる。

「アルベルト……」

「いい。そのままでいろ」

「でも……」

「それが普通のことだ。お前の身体が、私を求めてる証拠だ。この行為を気持ちいい、と思っている証拠だ」

そこは、女性ならば必ず守らなければならない場所。

花嫁の心得など習うことはなかったが、お母様と二人で旅に出た時に、命の次に奪われてはいけないものとして教えられていた。

そこは、愛する人にのみ許される場所なのだと。

「……ッ!」

そこにアルベルトの指がある。

「あ……っ、あ……」

下生えの中を探り、指が敏感な場所を見つけだす。

さっき乳房にしたのと同じように、一番敏感なところを一点だけ責め立てる。

「や……、あ……。そこ……は……」

弄(いじ)られる度、自分が乱れていくのがわかった。

彼の身体は脚の真ん中にあった。

乾いた私の唇を舐めるように合間にキスを繰り返し、からめた脚を開かせ、いつの間にか
でも彼は泉の水面には触れず、突起だけを弄んでいる。

彼の指を濡らすほど、何かが溢れ出てくるのも。

「ア……ッ！」

突起から離れた指が、移動する。

微かな音が耳に届いて、羞恥で顔が熱くなった。

まるで粗相をしたみたいに、そこに溢れたものがあったから。

「男女の営みについての知識は？」

彼が耳元で囁いた。

「多分……、一応……」

「よかった。では何をしても叩かれなくて済みそうだ」

笑いながらの声。

「もう叩いたりなどしません……」

声を荒らげて反論すると、彼の笑い声がまた聞こえた。

でも言葉を交わす余裕があったのはそこまで。

私に知識があるとわかって、彼の動きは突然性急になった。

「あ……っ」

入り口で溢れたものを遊んでいた指が、中に入る。

「んん……」

耳元で言葉を紡いでいた唇が、またぞろ胸を嬲る。

上と下と、一遍に愛撫を受けて、身体が震える。

もうとうに身体は汗ばむほど熱くなっていたのに、鳥肌が立った。

アルベルトが身体を起こす。

金の髪は乱れて荒々しく、その姿に下腹の辺りがきゅっとした。

脚の間にあった身体が、容赦なく私の脚を開き、腕が片方の脚を抱え上げる。

「アル……」

何をするの？　と言おうと思った時、視界にソレが入った。

男性の……、肉塊。

私の視線に気づいて、髪を乱したままのアルベルトが笑う。

その少し悪そうな笑みに、また身体が反応する。

彼は何も言わず、私に近づいた。

「あ……」

指が入り口を広げ、肉塊を押し当てられる。

熱かった。

さっきまで触れていた彼の手よりも、肌よりも、熱かった。

「愛している」

こんな時に狡いわ。

「お前の美しさも、勤勉さも、健気(けなげ)さも、無欲さも、みんな」

そんな言葉を与えられたら、抵抗はできない。

「何より、お前の強さを」

グッ、と脚を引かれ身体が彼に近づく。

と、同時に彼も私に近づく。

押し当てられているだけだった接点が、接合点へと変わる。

「あぁ……、あ……っ！」

濡れた場所に入ってくるモノ。

さっきの肉塊が、私と彼とを一つにしてゆく。

何もかも失ったと思っていた私に、一番欲しいものが与えられる。

身体の奥深く、心の奥深くに、愛しさが与えられる。

アルベルトの手が、私を捕らえる。

アルベルトの身体が、私に覆いかぶさる。

端整で、いつも貴公子のように美しい彼の顔が切なくも猛々しく見える。

「あ……、んっ……。ン」

頭の中は真っ白で、ただ目に映るもの、感じるものを反芻するしかできなかった。

まともな思考などどこかへ飛んでしまって、彼の求めに応えたい、与えられるものを堪能したいと、本能のように身を任せた。

「や……。い……。アルベ……。あぁ……」

彼が突き上げてくる度、身体が揺れる。

きゅっとなった下腹の辺りに、彼の存在を感じる。

「は……ぁ……。あ、あ、あ……」

世界も、揺れていた。

「愛している」

彼の言葉に酔いしれ、快感に溺れ、無我夢中で彼にしがみついた。……つもりだった。

実際は、彼に抱き抱えられていただけだったのだろうけれど。

「エリセ……」

歓喜と陶酔が、私を絶頂へと導き、意識は四散した。

「あ……」

求められた喜びに包まれて……。

アルベルトは、もう夜遅いというのに湯の用意をさせ、私と共に狭いバスタブで身体を洗い流すと、そのまま私の部屋に泊まった。

優しく私を抱き締めて。

翌朝は、早くに起き上がりベッドから出ていった。

身支度をしている時に私が目を覚ましたことに気づくと、額にキスをくれて、まだ眠っているようにと言ってくれた。

朝食はここに運ばせるから、と。

軽い朝食はベッドの上でいただいた。

年配のメイドは何も言わず、何も訊かず、淡々と職務をこなしていた。アルベルトが言っていたとおり、『興味を持たない』で仕事をすることに長けているのだろう。

朝食を終えて少しだけ休んだ後、私は起き上がって着替えをした。

身体が悪いわけではないのに、横になっているのが申し訳なかったし、アルベルトの顔が見たかった。

彼の姿が見えなくなると、急に全てが夢だったのではないかと不安になったのだ。

彼を信じるとか信じないとかとは別問題で、身に過ぎた幸福が怖かった。

アルベルトがどこにいるのかわからず、まずは食堂へ向かおうと思った時に声が聞こえた。

「仕方ないだろう、王妃様の察知能力は、俺のごまかしの上なんだから」

ジョシュアの声だ。

あれだけ色々言われていたのに、アルベルトの手を取ってしまった自分が恥ずかしくて、思わず近くの扉を開けて身を隠す。

アルベルトはきっとちゃんと彼にも私のことを話してくれる。

そうしたら顔を合わせてきちんと謝罪しよう。

「それにしたって早すぎるだろう」

「悪かったよ、だが王子の結婚相手だ、みんなが敏感になるのは仕方ないだろう」

王子の結婚相手。

まあ、ジョシュアは結婚するのかしら？

「陛下はすぐに戻ってこい、と仰せだ。取り敢えず『よくわかりません』で言い抜けてきたから、お前が自分で説明しろ」

……え？　今の言葉は、ジョシュアの声よね？　何かが……。

「父上はまだ何とかなるだろうが、母上は私も苦手だ」

「察しがよろしいんだ。だがわかってくれないわけでもないだろ。相手が侯爵令嬢なら、何とか許可が出るんじゃないか？」

「頑張ってみる。それより、例の準備は？」

「昨日の今日だぞ。その上、こんな状態でできると思うか？」

「未来の王のために、未来の宰相は頑張るって言ってたくせに」

「全てが整うまで我慢しろと言ったのに、我慢できなかった男が王じゃ、先が思いやられる」

「仕方がない。エリセから『愛してる』の言葉を引き出してしまったんだから」

「そういうところが坊ちゃんだって……」

足音と声が遠のいてゆく。

ああ……、そうなの。

心のどこかで、やっぱりと思っている自分がいた。

アルベルトの方が、王子らしいもの。

いいえ、エンデア様にお会いした時に気づくべきだった。彼女も金髪だったじゃない。

目眩（めまい）を感じ、私は近くの椅子にふらふらと腰を下ろした。

王子の結婚。

相手は侯爵令嬢。

王妃様に知られた。

未来の王と未来の宰相。

たった今聞いたばかりの会話の断片を繋ぎ合わせる。

王子はアルベルト。ジョシュアはきっと公爵の息子ね。そして将来はアルベルトの片腕となるのでしょう。

ジョシュアが自分が王子だと名乗ったのは、私が王子に言い寄るような女性だったら、彼をそういう女性から守ろうと思ったのかも。

ここの人々がジョシュアを『殿下』と呼んだけれど、あれは三人が一緒に立っている時だった。『私が王子である』とは、ジョシュアが自分から言ったのだ。

ここの人達はとても優秀だから、その一言でどちらを殿下として扱うかを察したのだろう。

その王子であるアルベルトの結婚相手は、侯爵令嬢。

そのことで、アルベルトは父親に、国王陛下に呼び出されたのだ。

アルベルトは、私を愛してくれた。

妻という言葉も使ってくれた。

アルベルトはもしかしたら内密に私との結婚を進めようとしてくれていたのかもしれない。ジョシュアはそのために王城へ向かったのかも。

けれどその画策が王妃様にバレてしまって、急遽戻ってきた。

その時に、もう既に彼には侯爵令嬢の婚約者がいた……、というところかしら？

自分でも、驚くほど悲しみも驚きもなかった。

どこかで、ああやっぱりとも思っていた。

与えられたものは奪われる。

私には、いつも何も残らない。

アルベルトが愛を誓ってくれても、それを信じても、彼が王子であるならば、周囲がそれを許さないだろう。

でも……。

「それでも私はアルベルトを愛しているわ」

彼を愛したことを後悔しないし、彼に愛された昨夜の幸福は忘れない。

誰にも汚されることのない、私の大切な宝物よ。

ため息を一つついて、私は立ち上がり、部屋を出た。

そのまま食堂へ向かい、近くのメイドにアルベルトを見なかったかと訊いた。

ジョシュアが戻ってきたので、二人で奥に行ったと言われ、では私はティールームにいると伝えて欲しいと頼み、お茶も持ってきて欲しいとお願いした。

ティールームから美しい庭を眺めてお茶をいただいていると、二人がやってきた。

アルベルトは私に、少し仕事で問題があって、ジョシュアと一緒に王城へ行く、と言った。

ジョシュアもまだ王子様の芝居を続けながら、フォローするように自分の仕事を手伝わせるのだと言った。

私は仕事は大切だから、仕方ないわ、と笑った。

全てが、お芝居のよう。

全てがどこか遠い世界のことのよう。

していることも、喋っていることもわかっているのに、頭の中を遠く掠めてゆく。

「どうした、エリセ。様子がおかしいな？」

アルベルトの声がようやく耳に届いたけれど、私の心は動かなかった。

「今日の私にそれを訊くのですか？」

と答えると、彼はジョシュアに肘鉄をくらっていた。

「ジョシュアの許可はもらった。私が迎えに来るまで、お前はここで待っていろ」

「はい」

ええ、待つわ。

たとえあなたがやってくるのが何年も先でも。

私を迎えに来るのではなかったとしても。

「私……、お二人に感謝しないと。今、とても幸せです。たとえ何があっても、私はお二人への感謝を一生忘れないことだけ、覚えていてください」

アルベルトのムッとした視線に気づき、後を続ける。

「私も少し欲が深くなったので、ここで待ちます」

あなたを待っている時間の幸福を味わうために。

「欲があるのはいいことだ」

待つということは、まだ失ってはいないということ。

「本当に、私、欲が深くなったんです」

失うとわかっているものに、『まだ』という理由をつけて縋(すが)るくらい、欲深……に。


二人を見送ってからの毎日は単調だった。

食事と庭の散策と勉強。

その繰り返しだ。

前の屋敷ではターナが私の話し相手になってくれたけれど、ここではあまり相手をしてくれる人がいなかった。

プロフェッショナルということかしら。

呼びたい友人も、訪ねたい友人もいない。

エンデア様にもう一度会いたいとは思うけれど、今の自分の微妙な立場を考えると、それもできなかった。

アルベルトは、きっと結婚を反対されるだろう。

彼が嫌がっても、王子というものは自分の勝手で結婚相手を選ぶことはできない。

でもきっと、彼は私を捨てたりはしないとも思っていた。

迎えにこないまま、ずっとここで、客人として厚遇される生活を与えてくれるかもしれないし、王子の愛妾(あいしょう)という立場をくれるかもしれない。

愛妾になるのは嫌だと思っていた。

他人の夫を奪うような生活は嫌。彼の隣に立つことを許されない立場は嫌。

でも私は諦めが早いので、今回は『彼の妻と呼ばれること』を諦めた。

彼の妻になるという希望を与えられ、奪われてしまったけれど、彼に愛されるという願いは叶った。

何もかも失って、何もかも奪われて、何もかも諦めたけれど、彼の愛情が残ったというなら、最高じゃない？

待っている間は夢も見られる。

明日、彼が来るかもしれない。
来週には来るかもしれない。
そうやって、ずっと心を躍らせていることができる。
生きてさえいれば、どこか森の奥で野垂れ死にをしてもいい、なんて考えていた私から
すればかなりの進歩よ。
諦めのよいエリセとしては、最高に諦めが悪いわ。
迎えには行けない、という連絡が来るまで、私は幸福でいられる。
そんな穏やかな長い日々が始まった。

……と、思っていたのに。
ほんの一ヵ月足らずで、私の諦めがよく、諦めの悪い生活は終わりを告げた。
「エリセ・セルウェイ様でございますね。お迎えに上がりました」
やってきたのは、アルベルトではなかった。
ジョシュアでもなかった。
会ったことのない立派な服を着た侍従が、立派な馬車で私を迎えにきたのだ。

「私を、どちらへ？」

「説明することはできませんが、どうぞご一緒に」

得体の知れない迎えと思ったが、既に館の執事とは連絡がついていたらしく、行くように促された。

執事が知っているのなら、アルベルトに関与しているものだろうからと馬車に乗った。

荷物は着替えの一つも持たないままで。

ふかふかの椅子にゆったりとした造りの馬車で運ばれたのは、何と王都だった。

生まれて初めて来た大きな都。

街の中心にそびえ立つ大きな城は、物語の挿絵のように美しかった。

あそこに、アルベルトがいる……。

けれど馬車は城を眺めつつも、別の屋敷へ私を連れていった。

明るい黄色の壁に白い柱という可愛らしい屋敷。

そこで待っていたのは……。

やっぱり知らない人だった。

「初めまして、エリセ様。私はニリアスと申します。どうぞニリアス夫人、とお呼びくださいませ」

ちょっと神経質そうな眼鏡の女性は、そう名乗った後に、不躾なほど私を上から下まで眺め回した。

「あの……、何か？」

「最近お太りになられたり、お痩せになられまして？」

「……いいえ」

「結構ですわ。ではまず、お風呂をお使いください」

彼女のその一言と共に、三人のメイドが現れ、私を奥へと連れていった。

「あの、説明を……！」

という私の声も空しく。

館の使用人は皆があまり人目につかないように行動していたので館自体に人が少ないように見えていたが、今度のこのお屋敷は反対。

次から次へと人が出てきて、私を取り囲んだ。

その頂点にいるのが、あのニリアス夫人のようだ。

「ここはどこなんです？」

「マーブル荘でございます、お嬢様」

上から下まで磨かれているバスの中、ダメ元でメイドに尋ねてみると、すぐに答えが返ってきた。

「どなたのお屋敷なのですか？」

「ニリアス夫人のものでございます」

「どうして私はここに連れてこられたの？」

「それは存じません。私達は、いらしたお客様のお相手をするだけですから、ニリアス夫人にお尋ねください」

素直に答えはくれるけれど、知っていることは少ないようだ。

お風呂から上がると、身体中にオイルを塗られ、マッサージされ。手足の指や爪をピカピカにされたかと思うと、今度は髪のお手入れ。

何となくわかってきたわ。

私はここで外見を磨かれているのね。

散々磨かれた後、説明があるのかとも思ったが、そのまま小さな部屋に案内され、ここで休むようにと言われた。

何が何だかわからないけれど、とにかく冷遇はされていないわ。

色々と磨かれた、ということは、私はパーティに出席するのかしら？　まさか国王様にお会いするとか？

……それはないわね。

もしそうなら、アルベルトが迎えに来るはずだもの。

でも、アルベルトに知らせず、陛下が私とお会いになりたいとしたら……。

悪い考えが過り、私は首を振った。

どうせ明日の朝になればわかるはずよ。判断材料がない時に考える必要はないわ、と目を閉じた。


そして翌朝。

私の想像は外れていなかった。

ちゃんとした接待でちゃんとした朝食が終わると、私は思ったとおり美しく飾られた。

サイズぴったりの新しいドレスは白を基調にし、緋色を差し色にした大人っぽいもの。

髪は付け髪ではなく、今のままの短い髪に、横合いを飾る羽のような髪飾りを付けた側だけをきっちりと纏めるという、珍しいけれど美しい髪型に仕上げてくれた。

靴も新品。

サイズもぴったり。

ここまで来ると、やはりアルベルト達が絡んでいるとしか思えないわ。

できあがった私を見て、ニリアス夫人は満足げに頷いた。

「大変美しゅうございます、お嬢様。サイズが変わってらっしゃらなくてようございました」

「この後は、どうすればよろしいのですか？」

尋ねると、彼女は当然だという顔で答えた。

「城で、お相手がお待ちです」

「アルベルト様？　ジョシュア様？」

「行けばおわかりになりますわ」

その時だけ、彼女がにこっと笑った。

また昨日と同じ馬車に乗り、今度こそ王城へ。

知っている人は誰もいない、初めての場所。

緊張は手を震わせた。

大丈夫。もし最悪の事態になっても、私の心の中には大切な思い出がある。それが私を幸せにも強くもしてくれる。

お城へ向かう途中、同じような立派な馬車を何台も見た。

皆、城を目指している馬車だ。

けれど私の馬車はその流れから外れて、別の入り口に到着した。

そこでやっと、見知った顔に会うことができた。

ジョシュアだ。

「これは美しい」

と言ってるジョシュアも、素敵だった。

以前ネイドン伯爵家のパーティに出た時には、服は整えていたけれど、髪はそのままだったのに、今日はちゃんと撫でつけている。

「迎えがアルベルトでなくて、残念か？」

からかう彼の言葉に、私は首を振った。

「いいえ、そうなるかも、と思っていましたから」

ここまで来たのだから、もう知っていると言ってもいいだろう。

「アルベルト様が、王子様なのでしょう？」

彼は驚いた。

「知っていたのか？」

「偶然。だから大丈夫、わかっています。彼は私をエスコートできない」

彼は暫く考えてから、「そのとおりだ」と答えた。

「今日のエスコート役は私だ。そして君は侯爵令嬢だ」

「私は男爵の娘です。それも今は無くした肩書ですわ」

「それでも、私がエスコートするのだから、侯爵令嬢ぐらいでなければ困る。まあ、嘘をつきたくないのなら、侯爵家の名前は出さないでいい」

そうか。

アルベルトが王子なら、彼が公爵の息子ということになるのだものね。

「わかりました」

「ではどうぞ、エリセ嬢」

差し出された腕を取って、彼と共に人気のない廊下を進む。

「どうしてこんなことをしたの？」

「こんなこと？」

「さらうように私を王都へ連れてきて、着飾って、あなたのパートナーにするということ」

「賭けだ」

音楽が聞こえてくる。

「賭け？」

「君が、立派なレディとして皆に認められるかどうかという」

ああ、最初に私を拾った時のことね。

あれは決着がついていたと思ったけれど、まだついていなかったのかしら？

「君は、君の人生を賭けて、今日一日侯爵令嬢として振る舞いたまえ。このジョシュア・センドリム次期公爵が連れ歩くのに相応しい女性に」

やっぱり彼は公爵家の跡取りだったのね。

「連絡もないまま待つ一ヵ月は、辛かっただろう?」

「いいえ。さっき言ったとおり、見送る時にはもうあなた達のことを知っていたから、諦めていたわ」

「諦める、か。アルベルトの嫌いな言葉だ」

「でも、信じてもいたわ」

「矛盾しているな」

「いっぱい勉強したから、世の中王子様一人ではどうにもならないこともある、と知っただけよ。……ああ、失礼いたしました。公爵様に気安い言葉を」

「いい。さあ、行くぞ」

扉が開き、音楽が大きくなる。

ネイドン伯爵家のパーティなんて、比べ物にならないくらい広大で、豪華で、壮麗な大広間に、沢山の人、人、人。

私の腕を取っているジョシュアは、動じる様子もなく、私を連れて中に入ってゆく。

ここで暮らしている人なのだ、と実感した。

「ほらみろ、あそこにアルベルトがいる」

と示された方には、美しい女性達に囲まれた、アルベルトがいた。

威風堂々として美しい。

「もう少しすると国王夫妻もお姿を見せるが、会わせることはできない。あそこが玉座だから、遠くから眺める程度にしておけ」

「最初から、お会いできるなど思っておりませんでした」

ジョシュアは、じっと私を見た。

「本当に美しく仕上がったな」

「ありがとうございます」

「王子の妻になるには色々と障害があるだろうが、公爵の妻ならばもっと簡単だぞ？　どうだ、私の妻にならないか？」

その言葉に、私は笑った。

「なりませんわ。ジョシュア様にも感謝と好意はありますが、愛する人は一人ですもの」

「アルベルト？」

それには答えず、はぐらかした。

「許される限り、あの館で待つ人、です」

「館を追い出されたら？」

「働きますわ。もしかしたらエンデア様のところへ伺うかも」

「エンデア様の？」

「お伝えしていなかったのですが、行く宛てがなければ働かせてくださると言われておりましたの」

「そこまで気に入られていたのか……」

曲が変わり、フロアで踊っていた人の何組かが入れ替わる。

「踊るぞ、エリセ。美しく踊るんだ」

あの時のアルベルトのような言葉で、彼は私をフロアに引き出した。

この手が、彼であれば、という欲が過(よぎ)り、視線をさっき彼がいた方へ向けると、アルベルトは他のお嬢さんと楽しそうに会話をしていた。

向こうも、気づいたのか私を見る。

目が合って、私は笑った。

大丈夫。

ちゃんとわかっているから。

あなたがどんな選択をしても、させられても、私はずっとあなたを好きだから、と伝えるように……。

ジョシュアの目的が何なのかわからないけれど、彼は私と二曲続けて踊った後、数人の彼の友人達とも踊らせた。

その後は貴族の殿方達の集まりに連れていき。

「ある侯爵のお嬢さんをお預かりいたしましてね。城のパーティは初めてだそうで、一日パートナーを仰せ付かりました」

と紹介した。

ジョシュアが連れているからか、ニリアス夫人が美しく仕立ててくれたからか、私が侯爵令嬢であることを疑う人は誰もいなかった。

心苦しいわ。

侯爵令嬢でもなければ、もうここへ来ることもないような人間なのに。

更に、老齢のいかにも重鎮といった雰囲気の方々のサロンへ連れていかれ、無理やり政治談義にも加えさせられてしまった。

取り敢えず知識はあったので、質疑や応答には困らなかったが、褒められるとやっぱり心苦しくて、途中で女性はあまり政治に口を挟まぬ方がよろしいですわね、と口を閉ざした。

それでも、お髭(ひげ)の立派な紳士が、私に「聡明(そうめい)なお嬢さんだ」と賛辞をくれた。

これで気が済んだのか、やっと彼は私をフロアから連れ出し控えの小部屋で休ませてくれた。

「喉が渇いただろう?」

「少し」

「今飲み物がやってくる」

「頼んでくださったの?」

「ずっと見てて、気が利けば持ってくるさ」

その言葉が終わらぬうちに、ドアがノックもなく開いた。

「ノックぐらいしろ」

と怒るジョシュアを無視して真っすぐに私のところへ駆け寄ってきたのは……。

アルベルトだった。

「綺麗だ、エリセ。今夜ここにいる女性達の中で一番」

「アルベルト……。私に会ってもいいの? 他に行かなくてはならないところがあるのじゃなくて?」

婚約者のところとか。

「お前のところ以外に行きたいところはない」

彼は私を抱き締めてキスすると、ジョシュアに向かって訊いた。

「結果は?」

問われてジョシュアが両手をあげる。

「完璧だ。誰一人彼女が侯爵令嬢だと疑わなかった。お褒めの言葉もいっぱいいただいたし、侯爵からは聡明な娘と言われた。ついでに、エンデア様に就職を誘われたし、お前が王子として、迎えにこれなくても待つつもりだったそうだし、私のプロポーズは撥ね除けられた」

また二人でわけのわからない会話が始まる。

「安心させてやれ。暫く二人きりにさせるから」

「ありがとう」

「飲み物を調達してくる余裕ぐらい持て」

憎まれ口を叩いてジョシュアが去ると、アルベルトは私を長椅子に座らせ、もう一度キスした。

「今日のパーティでは、ジョシュアにエスコートを任せたが、次に出席する時には私がエスコートする」

「でき……るの？」

「もちろんだ。お前は私の婚約者になるのだから」

「無理よ。私があなたの婚約者なんて。アルベルトもわかっているでしょう？　爵位も家族もいない娘が……」

「お前はすぐにヴォルジュ侯爵令嬢となるんだ」

ヴォルジュ……。

「覚えているか？　お前の父が命をかけて庇い、一番最初にお前が訪れるはずだったヴォルジュ侯爵だ」

「もちろん覚えていますけど……。私は侯爵とは面識が……」

「さっき会わなかったか？　こう、髭の立派な紳士に。聡明だと褒められたのだろう？」

ジョシュアが連れていった、最後のサロン。

確かにいたわ。

「思い当たるようだな。エリセから手紙を取り上げたあと、お前の身元を確認するためもあって、侯爵に手紙を届け、連絡を取ったんだ」

「まあ、そんなこと一度も……」

「その後は、お前をいろんな意味で手放したくないと思っていたから、黙っていた。だが今回、お前を正式に自分のものにしたいと思った時、彼に頼むことを考えたんだ。セルウェイ男爵に感謝するのなら、その娘を引き取って欲しい、と。侯爵家の養女ならば、私の婚約者でもおかしくはない」

彼は得意げな顔で、全てを話した。

侯爵が、恩義は感じるが見たこともない娘を養女にはできないと言うので、私がどんな娘かを見せるために今日のパーティを用意したこと。

この席で、誰も私を侯爵令嬢ではないと疑わなければ、養女にすると約束してくれたこと。

本当は、その計画が先で、私を侯爵と引き合わせようとジョシュアを王都に送り、秘密裏に私を呼び寄せようとしていたのだが、彼等が女性用のドレスを用意したり、ふだんパーティに興味のないアルベルトが自分の主催としてパーティを開くと言い出したことで私のことを知られてしまったのだ。

そこで、陛下達とも話し合い、ここで私は知らないうちに人生を賭けた考査を受けていた、というわけだ。

「私は、絶対にお前を妻にできると確信していた。お前にならできる。汚い痩せっぽちの世間知らずであっても、私を魅了し、こんなにも愛させたお前なら」

「……アルベルト」

「言っただろう？　お前の望みは叶わなかったかもしれない。だが私達なら叶えられると」

私の王子は自信に満ちた顔で微笑んだ。

「先に言うぞ、絶対に泣くな」

目が潤みそうになった私に、彼は命じた。

「最後のダンスをお前と踊りたい。だから涙で化粧を落とすな」

「私……。何も望みません。願うこともありません。でもそれはどうせ奪われるからではなくて、一番難しい望みが叶ったからです。あなたの……、あなたの側にずっといたい。あなたを愛したい。あなたに愛されたいという大それた望みが叶って……」

涙は零さなかったが、声は詰まった。

「ではお前が願わぬ分、私が願い、望もう。取り敢えず、今夜はお前を帰さず、朝まで私の腕の中で過ごさせるというのが望みだな」

私から何も奪わず与えるばかりだった人が、私の唇を奪う。

抱き合って、舌を絡ませるような深い口づけで。

「あなたの望みは何でも叶うわ……」

だから私は全てを差し出す。

あなたを幸せにしたくて。

あなたと幸せになりたくて。

あなたを愛することができた、この心も身体も全て……。

あとがき

皆様、初めまして、もしくはお久し振りでございます。火崎勇です。この度は『花嫁にはなれない』をお手に取っていただき、ありがとうございます。

イラストのサマミヤアカザ様、素敵なイラスト、ありがとうございます。担当様、色々ありがとうございました。

やっと夢を手に入れたエリセは、実はちょっと子供っぽいアルベルトと、これからきっと幸せになれるでしょう。どんな苦難が待っていても、一人で彷徨う辛さを知っているエリセなら乗り越えられるはずですから。それでは、またいつかどこかで。皆様御機嫌よう。

＊本作品はフィクションであり、実在の個人・団体・事件などとは一切関係がありません。

『花嫁にはなれない』、いかがでしたか？

火崎勇先生、イラストのサマミヤアカザ先生への、みなさまのお便りをお待ちしております。

火崎勇先生のファンレターのあて先
〒112-8001　東京都文京区音羽2-12-21　講談社　文芸第三出版部「火崎勇先生」係
サマミヤアカザ先生のファンレターのあて先
〒112-8001　東京都文京区音羽2-12-21　講談社　文芸第三出版部「サマミヤアカザ先生」係

N.D.C.913　287p　15cm

火崎 勇（ひざき・ゆう）
誕生日１月５日
血液型Ｂ型
東京生まれで東京在住
最近肩身の狭い愛煙家

講談社X文庫

花嫁（はなよめ）にはなれない
火崎（ひざき） 勇（ゆう）
●
2019年12月３日　第１刷発行

定価はカバーに表示してあります。
発行者――渡瀬昌彦
発行所――株式会社 講談社
東京都文京区音羽2-12-21 〒112-8001
電話 編集 03-5395-3507
販売 03-5395-5817
業務 03-5395-3615
本文印刷―豊国印刷株式会社
製本―――株式会社国宝社
カバー印刷―豊国印刷株式会社
本文データ制作―講談社デジタル製作
デザイン―山口　馨

ISBN978-4-06-517036-6